人间 01

20岁的乡愁

关军◎主编

湖南人民出版社

“乡愁”从未这么年轻

关军

2015 年接近年底，我在“人间”的来稿邮箱里发现了一篇稿子，它由三个短故事组成，讲的都是作者记忆里故乡（湖南浏阳）的轶闻，其中的一个郎中，因为在诊所看《金瓶梅》，“惊吓”到女店员，导致命运的大起落。作者署名索文，文字上不事雕琢，清淡，从容，精炼，还保留了一点点故土的话语习惯。他以接近于零度的旁观者般的笔调，写故乡的人，故乡的风物，故乡的旧俗，其浓重的情感不是在字词间溢出，而是形成一个场域，让读者更深地融入。

大约就是从那时起，我渐渐迷恋上了那种基于故乡记忆的民间叙事，索文成为“人间”最重要的作者之一，而更多类似作者的汇入，也使得这样的民间叙事成了“人间”的招牌。

我算不上怀恋故土的人，但是，索文等作者的写作却带给我莫大的阅读享受，他们的故事关乎乡愁，关乎生命中最深切的一种情感，在非虚构写作略显虚热的年份，故事的好坏被谈得太多，而情怀上的真，反倒太稀缺。

每代人都有着不同的乡愁，而更年轻的一代，离开故乡大多出于自主选择，意味着对一个更好自我的追寻，即便寻梦之地居不易，他们也很少躲进一个不切实际的怀乡梦。如你在本书中看到的，这一代人，已经成长为民间叙事、故乡书写的主力，他们与“乡愁”二字保持着更恰当的距离，没了那么多矫情。

在中国，我看到许许多多人的故土情结都显得可疑——他们骨子里迷信“发展”，迷信“新”，表现出的则是“谁弄丢了我们的传统”的叹息。我曾和多个朋友聊起台北，他们使用的转折句的后半段都一样：可惜太破旧了。甚至一个农村长大的朋友前几年去纽约工作，无法接受这个大都市也有破旧的一面。

狂飙突进的背后，或多或少地，我们都参与了对传统的背弃。另一方面，乡愁也是当代人恒久的主题，我们书写它的方式越来越丰富，只要不矫情，就很容易接近真切动人的表述了。

“人间”作者马鹏波，刚刚大学毕业，像索文一样热衷于对故乡的写作。他也很少抒情，一心记下故乡小人物的点滴，他说的一句话，我深为认同：可能有些事儿有人觉得没有必要记录，它肯定会流失；但与其让它悄无声息地流失，还不如让它有尊严地流失。

目 录

CHAPTER 1

逃 离

- 我以为我可以逃离西北
- “下只角”的哀怨
- 这一切都是迟早的事情
- 一堂失败的离别课

我以为我可以逃离西北

社社

◇ 电视行业从业者，写作者。

照理说，我的那些青春，我都记得。20岁，25岁，30岁，31岁，每一年的事情无不潜藏在脑海，随时调用放映。无论是在县城平罗还是首府银川，又或者湖南衡阳和长沙，那些一旦追溯立即想起的，统统充斥着西北偏北的干燥和绝望，红柳、枸杞、沙枣树，还有荒漠周边生存的人群。气味、光线、色泽、触感，种种景象从回忆无缝对接现实，无不令我想到我出生的宁夏平罗。那时候我纯洁无瑕，是容易受到惊吓的婴儿。为了活下去我主动跳进了一个大泥潭，学会游泳，学会把他人推到一旁，学会快速地游到岸边。然而污垢，污垢一早染上肉身。再后来，我便成了泥潭本身。

在平罗县度过的青春期，一部分的我想要逃离，一部分永远留了下来，还有一部分消失了。于是我分崩离析。

火车站镇是我生长了十五年的城镇，也有将近十五年没有再见过。旧时风物都留在了那段时间，我早已没有故人可以凭吊和怀念。

1998年，平罗大暑，我初二。

初二以前我放学回家，骑自行车行走在归途中，太阳光晒得路边顶天的两大排沙枣花香得煞人。我吃过沙枣花，花的样貌是黄黄白白里透着灰，有一种绒毛感，闻起来太香太像沙枣，所以常常忍不住揪下来一枝嚼起来，随即吐出，只有清香，没有甜。

沙枣花好香，转学后的我被欺负得好惨。

那时候我家住在火车站镇，到县城的平罗中学读书必须要住校，而我的自理能力为零，更惨的是说普通话被方言区的同学排挤，于是我的转学生涯变得不堪回首。

我之前一直是好学生，是招人恨的“别人家的孩子”，但转学后那一年半里，我成了差生。方言环境使我倍感不适和被孤立，课程断档也让我很吃力。成绩很差，上课聒噪，我成了老师和优等生的嫌弃对象。

现在看来，我的叛逆青春只有不堪，没有不羁。所有的时间用来看闲书，所有的钱用来买磁带。在租书店，我是杂食动物，何止是良莠不齐，五花八门的内容统统鲸吞。米兰·昆德拉和村上春树掺着情色漫画看是常有的事，生长的拉伸痛和性欲强劲地降临在我身上，我被自己的荷尔蒙弄得无比狼狈，于是那些漫画、武侠、言情，一直看，时时看；课堂看，租书店看，从租书店走回学校的路上也要看，遇到班主任也不打招呼。大概他心存芥蒂，家长会时把我这个差生描述得劣迹斑斑，简直罄竹难书。我妈是如何羞愤交集地转述给我的，我始终记得。

这样的感觉对我妈来说是陌生的，简直如遭雷击。经此羞辱，我妈回家对我一通暴打，用乒乓球拍的侧面砍我，狂扇耳光，边打边哭。

自此我第一次进入逃课模式，我的囤积癖从彼刻初露端倪，而我的自我放逐自那开始，至今从未结束或稍息。既然是世间人，难免要做些混账事，无论是主动还是被迫。

有一次逃课，我从县城坐车回家，去往家附近的铁路湖，那是我从小发呆的地方。我家是铁路系统的，家属区在铁轨旁边，铁道另一边是长着丛丛芦苇的铁路湖。我租了一本小说，在铁路湖边看了一下午。路过家门，没有进去。那一刻的感觉直到现在依旧记得，我是三过家门而不入的大禹，我是天生石养的悟空，我是割肉还父的哪吒，我是平罗孤儿，我只有我自己。

刚到家附近的时候似乎遇到了一个我妈同事，匆忙打了声招呼，她说："今天没上课啊？"我说："嗯，休息。"于是我忧心忡忡提心吊胆过了一整天，心里一直想着"我逃学了，我爸要打死我"。然而这一天并没有什么事情发生，学校里并没有人关注我的离开，学习不好的我在同学、老师和我父母世界里消失隐匿，成了不存在之人。

逃学毫无快乐，只有一种无处可去的痛苦和沉闷，害怕从此成为居无定所和身无长物的人群中的一员。马上初中毕业，很多人一毕业就去跑车、打工，或闷在家里，无依无靠，唯有父母。然而父母能做什么呢？似乎也做不了什么。大概能做的就是让我考铁路技校，"铁路铁饭碗，听大人的没错"。开玩笑，考铁路技校的都是渣滓，而我这么品学兼优，至少优过。

我唯有抗争，至死不从。我用变声期的公鸭嗓跟我妈狂吼："别管我，你就是想方设法置我于死地。"一而再，再而三，我妈崩溃了，哭到声嘶力竭。生活常常模仿戏剧，很多人都会在日常生活中使用电视剧台词，她哭喊："我造了什么孽啊……"她嗷嗷哭，或许还打过自己的耳光。

这一切，我记得，她也记得，我们讳莫如深。

这就是我的原生家庭，我的出身，我的绝望青春，我恨不得抹去的记忆。所以，你问我怀念青春吗？并不。十四五岁的痛苦和绝望，既无美感，也无用处。那是散发着腐臭味、似梦非梦的绵长时光。绝望有多少种呢？我猜你每读过一本书，看过一部电影，爱过恨过一个人，就油然产生一种新的绝望，像是森林中未熄灭的烟头，晴天的太阳雨，海啸淹没岛屿时吞噬的每一块陆地，如光中暗也如暗中光，绝望这种事一旦出现了就没法割去舍掉，绝望存在的世界渐成永恒国度，这是造物主对人天生的恶意。

县城是我自卑的源头，县城里的男女老少都是我，我恨我。

晴空难填恨海，在小镇和县城给我的困厄面前，生活本身虽居于欲望之上，又不算什么了，什么都不算。今时今日回望我的火车站镇和县城生涯，就像看着镜里的镜像，一切都是相似的，一切都是相反的。

彼时彼刻我有且仅有的，唯有惨淡生活，这让我成为一个绝对的悲观主义者，也让我不由自主变成一个记仇的人。不忘记，不原谅。

长大后我成了一个上进的人，大概是因为如此这般的一无所有，还不努力，怎么得了。你看干燥的西北，呼啸而过的沙尘暴，让我成了龟裂的土地，深埋种子，但没有水，没有温度，仅余下荒寒和苍凉成了一生最初的底色。但这也滋养了我，是使其成为当下之我的养料。

在平罗县城的初高中生涯，干涸的精神世界里，四周粗粝的男性雄奇使我厌恶和惶恐，而女性的温润是那么好。中学时期要好的朋友都是女生，我好奇地生存在青春的旷野中，女性柔软的气息是一派富饶的原野，而我四下游移，兴致勃勃并倍感安全。她们天然的慈悲心是我执念的降魔杵，春风化雨，大漠绿洲。

我庆幸我逃离了那里，时间上我逃离青春，空间上我逃离小镇。其实用现在的生活状况追溯十五年前是不公平的，那时候我贫瘠苦楚，无处不在的躁郁充斥全身，而那时候对人生的所有野望，也无外乎是一个安静的、宽敞的房间，墙边有书架。十五岁的我看到三十岁的我的生活，会嫉妒得双拳紧握吧，那是什么感觉呢？

总有心碎难自弃，于是我们要么成了抱柱的尾生，要么成了想弄倒雷峰塔的许仕林。但但但，千万不要变成王彩玲，你知道吗，那是粪坑、地狱、噩梦之梦，就算跳进护城河也洗不清。

你说青春残酷吗？总要做一些不撞南墙不回头的事，总要做的，不然何以为青春，何以为人。我知道青春和人都未必是褒义词。生而为人，我对不起自己；青春，我满怀歉意。

早期我们都是小工笔，到了中年，想要有存在感，纷纷变成了大写意。何等的残忍？不，何等的无可奈何。

在青春期的中后段，感谢高考，我用本省最高的录取分数考到湖南一个差劲的学校。我解封了“异乡人”的天生属性，从此形影相随。

2003 年的酷暑，我到了湖南衡阳，下火车的时候，我和爸妈被衡阳火车站的破败、落后、生蛮所震慑。去往大学报名的路上一直内心忐忑，行至郊区，场景陌生而古旧，但也无损于我对新生活的向往。我逃开了平罗县，自此天高云阔，谁管他身后阿弥陀佛。

在衡阳的时候我依旧不快乐。我读法学，报专业时的兴致勃勃和实际情况相隔甚远，想过改弦更张换到新闻系，后来想想又算了。

读大学的时候，无论对学校充满怎样的怨念，它依旧是我的避风港，每个月定时收到两次生活费，网吧和宿舍，课堂和图书馆，白天放空夜晚失眠。还是怕冷，那是穷人的荒原上，冬天吹来的风。

大三的时候，有了博客，我很长时间生活在网吧，彻夜听歌，看博客，写博客。写东西意味着我更警醒地活着。

想到这些，就又去找来2006年的博客，那时候真的苦啊，又苦又啰嗦，吓死人了。穷，不过这也没什么。关键是网络开启了欲望，而钱包还是原生代的标准。所以青春有什么好的？我真是喜欢现在，想买的小东西都买下了。意大利的哲学家吉奥乔说，“当下就是一切你经历过的事中你唯一未被经历的元素”。

我的每个当下都是一个苦水横流的人，但苦水这样的负能量也是能量，也让我生机勃勃，兴致昂扬。

湖南的气候是我喜欢的，温润多雨潮湿，拥有的是女性美。吃的也很好，体型和体重的变化印证了这一点。我从不想家，反而有逃离后劫后余生的快感，过年和暑假回宁夏我都是宅着，像静止在琥珀中的昆虫。只有回到湖南我才重又鲜活了起来。

挨到毕业，我去了长沙，找了份工作，鸡飞狗跳地挣扎着活下来，开始是合租，后来室友陆续走了，我一个人住了很多年。后来适逢年关，加上写《别废话，你还可以更好》这本书，我便回了宁夏。那时我家已经搬到首府银川，在平罗生活的人和事物，再也没有机会遇到。而银川于我一直是异乡，街道、风景、人情，统统是陌生的。

在银川和父母一起生活了四五个月，我和爸妈已经从刚开始生活的彼此礼让到了后期双方都疲惫焦灼的地步。有一天凌晨五点，我在房间关上灯，屋里一下黑了时，听许美静的磁带，用英雄钢笔在高中作业本上写诗，敷了面膜，假装是哈利·波特的隐形衣，藏起我脸上的肥大疲惫。西北的夜幕还长，我听见窗外马路天使劳作的声音，喜刷刷。这时我耳边的歌词是：与其让你在我爱中枯萎，宁愿你受伤流泪；莫非要你尝尽了苦悲，才懂真情可贵。这首歌叫《遗憾》。

书稿交了，到又要回长沙的时候，我们彼此都松了口气。然而飞机在西安经停的时候，已经开始想念银川的日光微澜。我的故乡与原乡，我的童年与肥胖前的回忆，我想到的、错过的、逃离的。

真正的我藏在银川和长沙以外的地方，傻笑着等待跟我见面。

回到长沙，故土难离的情绪渐渐浮出来，跟我爸要了他宝贝的古董收录机（一年多以后他就病逝了），偶尔在收音机里听到宁夏籍音乐人苏阳的《贤良》和赵牧阳的《侠客行》，悲欣难辨。

星沉夜闷之际，也难免想家。去淘宝买盐池羊肉、回民油饼、大武口凉皮、羊油辣子羊杂碎，家中常备塞北雪拉条子挂面，中卫大米。用胡麻油和葱蒜炒的米饭，因为是宁夏本地米，所以格外好吃。早餐必备葱花饼，略解思乡苦，继续前望天涯路。

那年冬天很冷，愈加怀念我的西北苦寒地，枯槁的红柳和白杨树，粗糙而直接的蓝天，有烈日当空。宁夏有宝，湘南淘之，简直千金买骨，到底意难平执难尽。吃了宁夏盐池羊肉做的番茄羊汤面，穿着娘亲做的豹纹珊瑚绒睡衣，立冬之际，想妈了，想爸了，想故乡了。

在情绪低落四下孤绝的时候，想吃的是我爸包的酸菜粉条肉馅包子，我妈做的揪面片和蒜香炒饭，一盘茴香馅的饺子，还有一碗饺子汤。

近几年很少回银川，平罗我回不去了，故乡也就不存在了。2015 年，我第一次在国庆回了银川，给我妈过生日，让自己放假。西北阳光下的暴晒让人们面色晦暗却个个喜气洋洋，南方的雨季则未免让人敏感多思。我也不知道哪个更好。

十几岁的时候，我有很多爱，那种爱是一种此路不通的爱。但谁知道呢？青春本来就是这样的，因为横冲直撞，所以拥有无数可能。当时我不知道，知道了又能如何？我妈说过，人活着就是受罪。只有忍，只能忍。二十几岁的时候我写，“那些旧时风物，青春，就是从面目模糊变成面目全非的过程”。三十岁的时候再读，又觉得面目全非并不一定不好，也有可能是时光在雕琢顽石。但刻刀下的那些渣滓，都是血肉骨，一刀刀都带着疼。

陶渊明写了“盛年不重来，一日难再晨。及时当勉励，岁月不待人”。2003 年之后，我终于再见到了高中同学。即使是最好的几个朋友，也失联十二年以上。那天下雨，我很少见到银川的雨天，瓢泼大雨，干脆爽快，淋得过瘾。我和几个高中同学一同吃了饭，饭后喝茶打扑克，正如我们高中课间一样，打“跑得快”。他们身上的好多事我都记得，而当事人一派茫然，若不是我提醒，怕是早已淹没在记忆的尘埃里。

这一次聚会的人里，我离大家最远、最久，纵然相聚，何必惺惺相惜。那些被滤镜调过色的记忆，仪式感加大，日常化变成电影化，冗长的生活快进成有节奏感的影像，但是这有几成是真实的呢？那些我以为铭记在心的事情，我的铭记有何意义？我不知道。感觉青春期从未正式来过，没有肆意过，没有纵情声色，还没来得及青春，青春就快过完了。

人生有时就像等公车，每个人都有自己的目的地。但肯等不代表车会停。写这篇我想到“西出阳关”，我们都知道西出阳关的后半句是什么——无故人。

西出阳关无故人。而我的青春如今高岸深谷，故人湮没于烟雨尘埃中，一去不再来。

“下只角”的哀怨

钱佳楠
◇ 非典型双子座，喜欢写小说，画插画，偶尔写写评论发牢骚。

在我的人生轨迹上，上海分裂成两个完全不同的子体，一如蛋清与蛋黄般层次分明。

居于中心的是宁波路上的外婆家，一幢弄堂里的石库门房子。给我留下深刻印象的倒不是嘎吱嘎吱的木楼梯，也不是两个表哥教我用烟火写字的晒台（结果我烧坏了我的旅游鞋），更不是隔壁大门口的白色水泥粪便池，而是从外婆家出来，往香粉弄一钻，就是南京路丝绸公司的后门，再拐到前门，便可踏上后来的南京路步行街。

在南京路穿梭成为我童年的冒险之一。和现今新建的商场还不同，老式商场的扶手电梯被安在某一个隐蔽的角落，我和两个表哥最热衷的游戏就是比谁先找到华联商厦的电梯。我老输给他们，白亮亮的化妆品柜台宛若八卦阵，柜台后面还站着一个脸抹得宛若僵尸鬼的阿姨，把我吓得迷了路，到头来总是大表哥先找到我，领我去扶手电梯那儿，二表哥早已迫不及待地攀上逆行的电梯。

多年以后，母亲告诉我现在的永安百货就是当年的华联商厦，我怎么也不敢相信——外墙已经翻新，刷成乳黄色，四楼的阳台还时常有一位穿西装打领结的大叔吹起悠扬的萨克斯管，伪装成“老克勒”，引得游客驻足围观。对我而言，这是一份凭空杜撰的上海情调，并不真实，我记忆中的华联商厦是灰色的。

或许就因为秉承着某种市中心人的骄傲，我的母亲习惯把她后来嫁到的曹杨新村称为“下只角”（上海人对北面城乡结合部的统称，也借以指代穷人居住区）。

时过境迁，我常常分不清父母之间乏味的感情故事是上世纪80年代特有的朴素还是我母亲骨子里的骄傲作祟。

“你们谈恋爱的时候有没有曹杨电影院？”我问过他们。他俩竟给出截然相反的答案，母亲摇头，父亲则点头。母亲见父亲首肯之后不屑地奉上一句：

“谁人晓得？那时候连门口的大上海电影院也不跟他去看，会到这里来看什么曹杨电影院？”

父亲闷声不响，很像他一贯以来的样子。

可能跟我的母亲有关，十岁以前我对曹杨新村没有任何归属感。

小学同学炫耀自己周末随父母去亚新或武宁亦或曹杨商场时，我会不以为然地耸耸肩，笑着说：“这有啥？我每个礼拜六都去南京路！”

是的，我从来不说我去外婆家，而是说我去南京路。然后我那些普陀区的土著同学便会张大嘴巴羡慕地望着我，虽然我的户口早已因订牛奶的缘故（那时候孩子的牛奶必须跟随户口所在地，而且只能订一瓶）迁到普陀区。就在几个月前《萌芽》的编辑胡老大还问我：“你身份证号是 107，107 在哪儿？”我心底一阵酸涩。

我无法像我的同学那样早早地对曹杨新村建立起一份故乡般的情谊。他们会叽叽喳喳地喊：“曹杨新村是上海市第一个工人新村！”“以前的国家领导人原来就住在阿拉曹杨八村！”他们耳熟能详的典故每每在我耳边炸裂为一道劲爆新闻，我一放学便小鸡似地飞奔回家，问我早班下班的妈妈：

“妈，伊拉讲以前的国家领导人原来就住在此地，是真的啊？”

我还记得我母亲当时的反应。她的双手继续淘饭，节奏分毫无差，头都没有转过来，平静地答一句：“对啊。”

不知为何，我很怀念我母亲骄傲的模样。

她是费家的三小姐，弄堂里无人不知无人不晓，这位“小妹妹”吃饭挑剔，肥肉太油，河鱼太腥；宠爱她的父亲曾在晒台上帮她洗长至腰间的头发；上世纪 80 年代流行什么她就穿什么，喇叭裤、直筒裤、高腰裤再到皮茄克；顶替父亲在工业用呢厂上班的她还是厂里的标兵，不日就当上了车间主任。

我喜欢那时候的妈妈，她每个星期会到理发店吹头发，抽屉里总有股高档香水的味道，散落在每个她待过的地方，而我会蛮不讲理地抢她的枕头。

这一切都中断在我十岁那年。

宁波路上的外婆家拆迁，姨妈和外婆挑来挑去挑了套最远的房子，在浦东金桥。原来那个身板结实的外婆搬去浦东不过四年就过世了。

我母亲直至今天还怨恨那场拆迁，“搬得那么远”，“现在那里还没阿拉曹杨闹猛”。

可人终究是矛盾的动物，她提到曹杨的时候何尝不是说“要是此地有拆迁就好了”？

就在外婆家搬离宁波路之后，我才不得不接受自己是曹杨人的事实。

对口的那所中学名声实在不好，我母亲死求活求托了个远亲出了七千块钱择校费才让我进了梅岭北路上的一所公立初中。

那笔钱，原先是我们搬离八村的希望，没了以后，我妈更加谨小慎微，而我与曹杨也注定难舍难分。

学校门口是个十字路口，因而回家的路可以向左走，也能向右走，但我更常选择的是“向前走”。

当然，我也曾经向后走过，往后退原先有家罗森，世纪之交时算得上一家比较高档的日式便利店，觉得中午饭难以下咽的同学会涌进去买寿司、饭团或者关东煮，我常常是陪她们去买的那个。

听她们说多了自己也会顺口偷一句：“当年罗森的贡丸超好吃的！”

这句话屡试不爽，一起排队的陌生人忽然间绽放出一抹惺惺相惜的笑容：“你也觉得啊？我那个时候每天中午都去买！”

好像过去每所中学旁边都有一家罗森，就像现在每栋写字楼附近都会有一个全家。只是，我未曾尝过传说中“超好吃”的罗森贡丸。

罗森再往后一点儿是曹杨五村，我的朋友若子就住在里面，她偷偷带我回家时会在家门口逗留片刻，郑重其事地问我三个问题：

“你会不会带陌生人来这里？你会不会带坏人来这里？你会不会带小偷来这里？”

我还在绞尽脑汁厘清其中的逻辑关系，她却已经抖动钥匙旋开房门，跟我说那三个问题是她爸爸命令她“宣读”的。

而那里，也是我往后退的边界。

我很少出了学校门向右走，除非和我另一个好友小玥一起去三汽公司等她在那里上班的母亲。

那条路在我脑海里的印象是尘土飞扬。我们先走过沙田中学，学校的外观一如其名，沙土色的，再往前就是明晃晃的曹杨路，自行车早早地驶进机动车道的边缘，盼着红灯转为绿灯。

骑车的中年男人和我爸很像，屁股扭向一边，屁股后面的口袋或者塞了一包烟或者插了一束圈成一叠的报纸，偶尔会溜出一记响屁，幸而不臭。

看到他们我就执拗地想起唯一一次和爸爸同乘公交车回家，他遇见他过去的同事，想介绍读书特别了得的我。

他喊我的名字，我故意不理他，我听见他跟他的同事高声嚷嚷：“我嘛，靠阿拉老婆的，上海滩上哪一个男人不是靠老婆的？”也因为这样，我坚决步行半个多小时回家，不让他靠近我学校半步。

小玥和我远远地避开那群男人，站在横道线上。穿过马路，沿曹杨路向北走就是三汽公司和曹杨七村。

彼时轻轨三号线四号线都还没建，没有那么多风尘仆仆的上班族，我和小玥晃晃悠悠地荡过去，在三汽公司门口看那些出厂的空车，叮铃铃铃，一辆车，叮铃铃铃，又一辆车，通往江桥、丰庄、南翔、马陆……

等车的大都是些背着书包的学生，多半是家里不久前把曹杨新村的老公房卖了添了千把块置换到偏远一些的新公房。

小玥的家就在丰庄，对普陀人而言更为熟悉的名字是“轻纺市场”。

我的父母和我都不曾预想后来那些地方的房价会水涨船高。

不管母亲多拼命工作，她还是只会把赚来的钱存在银行里，她说要留给我读书用的。父亲已经两度下岗，最后在小区做了保安，几乎拿了一辈子的最低工资。

买房的机会一来，最先否决的是我的父亲，他没有胆量，也不愿担待；而我的母亲说服自己是为了女儿，也就忍了下去，眼睁睁看着银行里的存款慢慢贬值。

沿十字路口直走是我回家最近的路，约莫30分钟便可到家，这条路会穿过兰溪路和枫桥路，也最幽静。枫桥路路口原本是曹杨职校的某个分校，走出来的学生有些男不男女不女，班主任好不容易捡到个样板，信誓旦旦地警告我们：“你们书读不好，就会是这个样子。”对我们不但没有威慑力，我们还倒挺羡慕他们的时髦。

再往前走，会经过曹杨六村。六村的房子都是“三万户”，即三层楼的尖顶房。每逢我抱怨八村的家又小又破又窜老鼠时，妈妈会劝解道："别这么说，如果是六村那种三万户，还要难过呢！"这口气就像我每每和父亲吵架时她总会告诫我："别这么说，如果是那种搓麻将赌博的老爸，你还要难过呢！"我会数落她的"将就"，而她会叹着气反问我："不这么想，日子怎么过得下去呢？"

我才发现，她已经不再烫发，也不再买新衣服了，她身上残留的味道仅仅是沐浴露和花露水。

走过六村，会有扇通入曹杨二村的铁门。我有时候没那么乖直接回家，而是再往前走几步到曹杨三村和原先的63路终点站。早先那里有一家私营的书店，我就在那儿头一次读到徐志摩写给陆小曼的情书，我告诉同学徐志摩喊陆小曼"眉"，她们也都细细谛听，时不时啧啧地感叹。直到1999年播出了那部风靡两岸三地的《人间四月天》，徐志摩的故事烂俗到极点，那家书店不久也关门大吉。

现在63路终点站已经搬到铜川路，沿路的店铺也俨然像是居民区的标准配备：丰裕小吃、海烟烟行（原先的书店）、复美药行（原先是煤气灶具店）、重庆鸡公煲、啤酒烤鸭、苹果花园面包店和斯尔丽服饰店。近到乘车去宜川，远到乘地铁去世纪大道，我看到的小区门口基本上都是差不离的这几家，最多添上一家美发店或一家小型的房地产中介，我常常要逼迫自己从"回家了"的错觉中醒来，醒来后失望至极。

不过十之八九，我都会拐进黑色的铁门，直穿整个曹杨二村，小玥不用去单位找妈妈的时候会和我一起沿这条路走，她到八村车站乘

743 路。小玥每天都在路边买阿姨做的凉粉和炸年糕，当年每条路上都会有类似的小吃：油墩子、葱油饼、凉粉、炸年糕、香酥鸡、里脊肉……大概当时正好逢着一股下岗潮，偶尔也看到和我们差不多大的孩子在摊位帮忙收钱。

如今满大街的东北拉皮、陕西凉皮，唯独这种“上海凉粉”却销声匿迹，它是由刨子从整块的圆形绿豆磨糊上刮下来的，呈条状，撒上黄瓜、香菜、虾皮，淋以酱油、辣油、花生酱和醋，小玥习惯喊一声“老板娘，醋一定要多！”阿姨听了“老板娘”三个字后尤其高兴，连口答应，大大方方地倒醋。似乎是两块钱一份，不过我从没买过，但常因小玥的殷勤而沾光。

五角钱一块的炸年糕也一样，记得我回家后和妈妈称赞了两句，妈妈特地到菜市场买了几块排骨年糕回家炸，她显然也没舍得花钱尝过，又不想我受委屈。她在厨房炸得满头大汗，双颊绯红，可装盘后的年糕硬得像砖头，我只咬了一口，便磕到了大牙。

我说过，这一带很幽静，唯一的例外是碰上有人当街吵架。这在曹杨新村很平常，现在似乎更是如此，自行车蹭到一下、走路撞到一下皆可成为导火索，往往火星撞地球一般，不可收拾，围观的人也多，堵塞了道路，竟也无人抱怨，反而都饶有兴味地看白戏。

穷人的哀怨太多，触类旁通，往往你开始听到的是“侬眼乌子没长啊”，到后来遂演变为“我一辈子本本分分、老老实实，谁人晓得日子会越过越苦”，吵架的看戏的都嗟叹着窸窸散去，好像一颗消退的肿瘤。久而久之，我们也见怪不怪了。

我拐了太大的弯子，才提及回家的第三条路，那便是“向左走”，沿着兰溪路走过整片曹杨地区最繁华的腹地——曹杨商场。若不是基于十足的偶然，万不会“向左走”，其中的因素包括作业少，第二天不用考试也不用默写以及父母晚下班等等。我会先经过上海市地震局、曹杨街道医院，过枣阳路，便是曹杨电影院，周围是建于1952年的曹杨一村。现在的孩子和我们对电影院的理解完全是两种不同的概念，我们当时排着队，被迫手拉着手从初中走出来，过马路的时候体育老师站在路中央吹着教鞭，指挥我们小跑奔过，如此这般长途跋涉来电影院看某部爱国主义影片。

曹杨电影院等同于一个异常庞大的放映厅，尾部还有几排两楼的位置，我们从边门进入，总是会晚了一点儿，放映厅昏暗如夜，电影院的老伯伯会打开一支手电筒照着老师手上的电影票和座椅的数字脚灯，领我们去找位子。运气好的话，会被安排到后排的情侣座，两人一个的玫红色沙发位，惹得大家嘻嘻地笑，这个人会叫：“哎呀，我不能跟她坐的呀！”那个人会说：“哎哟，你小子运道老好的！”

现在的曹杨电影院重建于2002年，一建就建了两年，我们常常嘲笑说“没有钱，盖不下去喽”。建好后的电影院比原先缩水了好几倍，却大胆更名为“曹杨影城”，原本一楼的放映厅辟成商铺，分租给“老凤祥”“功德林”“静安面包房”等等，只有二楼分割出几块豆腐干样的放映厅，往上还有酒楼、歌城，不复之前的纯粹。

从曹杨影城再往前就是历史悠久的曹杨商厦，我爸说上世纪50年代曹杨新村缔建起来时就有了它。我记得头一回看到这栋低矮的建筑时，觉得“这里哪能跟华联商厦比”，可我一摸到同样设在角落的扶手电梯，竟有种宛如初恋的甜蜜。外婆家迁往浦东后，我和母亲便只能来逛曹杨商场了，真的是“逛”，我已经知道家里的穷困，看到漂亮的物什，连摸都不敢摸，我母亲倒没叮嘱过什么，是我常看见牵着小男孩的妈妈吓唬孩子：“别乱碰，碰坏了要你赔！”

商场隔壁是曹杨地区头一家肯德基，在上世纪 90 年代末我读小学时候就开了。我记得那时候考了年级第一，这家肯德基的店长到学校送了我一只长毛绒的奇奇鸡，我趁着午间休息飞跑回家，把奇奇送给晚班下班的妈妈，她也保存到现在。每次路过肯德基她就会惯性地张望一下，接着笑着对我说：“我们的鸡，肯德基不卖哦！”

我第一次在这里吃东西，好像已经是初一，伯母不知为什么事情一定要请我们几个孩子吃饭，我们起初约在前面的振鼎鸡，后来受不了别人的烟雾缭绕，才提议到这家肯德基。虽然觉得好吃，可我吃得很规矩，总觉得难为情，还把一份鸡翅推给了表哥，谎称自己吃不下。妈妈反复提醒过我，“不要受别人的恩情，我们还不起”。

曹杨商场的对面是专卖少男少女服饰的伊登商厦，我也很少来买东西，买的话也基本是季末打折时揉成一团堆在筐里的 T 恤衫，三十块钱一件，今天还在家里当睡衣穿。伊登旁边是家新华书店，是我初二时候（2001 年）开的，之后我会以逛书店为借口得以从这条路回家，刚开张的时候人气很旺，因是继原 63 路终点站之后又一家不只卖教辅书的书店，而且地方还很宽敞。不过势头仅仅维持了几年，以书店割地开第一家振鼎鸡为标志，书店的范围越来越小，庞杂的店铺越来越多。

同样打着浓重的时代烙印的还有旁边一家不到五个平方的店面，我读初中时是风靡上海的街客（我们还笑话过这个名字），接着是香酥鸡，现在换成了鼐茶，顺应这股台湾风，楼上 35 元一位的自助火锅店也更名为“台北吴记麻辣火锅”，住在这里的人都晓得，换汤不换药。

过了桂巷街，是上世纪 90 年代初期便开在这里的振鼎鸡和紧随其后开设的达芙妮，两家店都屹立至今，难能可贵。振鼎鸡原是曹杨地区生意最好的店家，晚上七点到这里服务员就会向你致歉说四分之一鸡靠腿的部分没有了，甚至鸡都已经没有了，但店里还密密匝匝坐了很多人，抽烟喝啤酒吃鸡胗，简直当自家的食堂。如今的价格已然翻了一翻，原先 16.8 元 / 斤的鸡现在是 29.8 元 / 斤，一块钱的鸡粥现在是两块三，还有鸡汤面，漂着两瓣青菜和几块鸡肝，黑胡椒味很重。

妈妈的用呢厂倒闭后她到南汇上班，一个星期才回来一次，她让赋闲在家的爸爸给我弄吃的，我生气地说你随便拿碗面打发我吧，他真捧着“钢中锅子”为我买振鼎鸡的鸡汤面，那时是 2.8 元一碗，这样的情形持续了好几年，所以我现在一闻到鸡汤面的味道就想吐。最近路过振鼎鸡，但凡超过七点，内里空无一人，简直像禽流感袭来的光景，大概曹杨人嫌贵了。

再往前是梅川路，拐角有家因“雪月饼”而一举成名的元祖，我十岁生日的水果蛋糕就是里面买的，那也是我二十多年来庆祝过的两次生日之一。我常常羡慕幼时的朋友在肯德基过生日会，他们会戴上尖顶的彩色尖帽，涂口红，拍下录像和照片，我的小手比划着心里算：“这要多少钱？”

走过梅川路，就是普陀医院。我的爷爷在那里度过了人生最后的日子。我每次去病房看完他都会想，等我赚了钱，一定要帮他转院，或许还有机会治好他。可他没能够等我，他死在了那里。

商铺基本开到普陀医院为止，前面主要是曹杨四村的老公房，过了四叉路口便可从真如镇拐进八村。

十多年来，三条路上都会出现同一个乞丐，是个坐在轮椅上的脑瘫儿，他的头肿大得像万圣节刻了五官的南瓜，歪贴在一边的肩膀上，没有人知道是谁每天把他推出来，弃置在丰裕门口或二村的铁门旁，更多的是在曹杨商场旁、伊登旁或者普陀医院门口，是料想走这条路的人应不会两手空空？

他表情呆滞，我不知道他是否还有感觉，总之他和我一样，委身于这座城市，却注定什么也握不住。

现在的妈妈时不时也会发泄自己的悔恨，除了小学升初中那会儿可以拿曹杨新村的一室户贴几千块置换丰庄或江桥的二室一厅，买房的机会也降临在我初三的时候，隔壁人家要卖掉，当时只要七万两千元，爸爸是不肯的，妈妈想想也作罢，她害怕背债，害怕没钱给她的女儿读高中和大学："当时要是横横心就好了，现在这房子起码七十二万呢！"而她的女儿最终揣着她一辈子的血汗钱，流浪在伦敦街头，读书的压力与日俱增，终于像志怪小说里那位背在身上的山石老人，扛不住了。

我为我最终被证明"没用"而羞惭，我母亲为她熬出病来还是捉襟见肘的辛苦而难过。她忍不住踹一脚她的丈夫，而他已经在躺椅上鼾声如雷。

我没有告诉她，其实她已经是世间最好的母亲了。

初二的叛逆期里，我也和同学一起去过伊登楼上那家新翔溜冰馆。那次是某个过生日的男孩请客，他把捏成紫菜的钞票换了几双臭气熏天的滚轴溜冰鞋。进了溜冰场才晓得为何那么多女生都谈虎色变，里面的男男女女都像不良少年，会有大姐大过来给小妹妹派烟，也会有比我们大一些的男孩滑过来拽你到他的身边，或是拍一下你的屁股，摸一把你的杨柳腰。没过两个月，付钱的男孩开始喊一个高年级男生“大哥”，后者曾因失恋而用啤酒瓶敲破某个中年路人的头，被公安拘留了一晚。同去的几个女生也各有了年长几岁的男朋友，午间为一群怀春少女启蒙男女间的秘事。事实上离我第一次去新翔仅仅过了一周，她们中的一个就打电话来问我周五晚上要不要去溜冰。

说老实话，我几乎要承应下来，也想如他们那样成为校园里的风云人物。最终阻止我的是新翔溜冰场的价目表：12 元 / 小时，以及母亲压在抽屉里的那张减免我一千元赞助费的收据。我嘀咕着对不起，说父母周五晚上都在家，逃不出来。

那个女孩两年之后还给我打过一个电话，她在电话那头哭成个泪人，问我借两百元，凑钱做人流。我生平第一次如此慷慨，在 ATM 机上打了两百块给她，还发短信说不用还。

这一切都是迟早的事情

国生

◇ 青年作家，毕业于复旦大学中文系。

那天傍晚，上海下了这个夏天最大的一场雨。我下班走路回家，到华山路淮海路口时，雨裹挟着热气浇了下来。我搂着装了电脑的书包，飞快跑回了家。

洗完澡后，我看到来自妈妈的未接来电。我坐到阳台上，点燃一支烟，拨通她的电话。

我有时会害怕她打来的电话，害怕那些突然降临的抱怨，害怕她要求我和爸爸、弟弟谈谈。我有时会想，我对于她来说，是不是一个无所不能的超人？

“你什么时候回家？”她问。

“最迟九月中旬吧。”我说。大学毕业后，我得回家迁掉户口。我从六月起就说起这件事，一直拖到夏天快结束。

“能早点吗？”她说。

“我要出差。”我对她说过很多次出差，比如去年过年，我说要去北京做个活动。事实上那会儿我连实习工作都没。我在空荡荡的上海待了整个春节。过年前，趁超市还有人，我买了一冰箱的食物。年三十那天，我与一个从台北回来、赶不及回家的女同学高高兴兴地做了一顿难吃的饭。

“你爸病了。”她说，“医生说他肾有问题。”

“哦。”我几乎有些漠然，“怎么回事呢？”

“他今天才告诉我的。”她的声音很平静，过了几秒钟，我听到啜泣声。

妈妈在电话里讲得很不清楚，她说，你爸告诉我这些时，像交代后事。我问她有没有看过病历本。她说只有一本体检报告，但是她看不懂。我忍住责怪她的话，毕竟是这种时刻。我没法知道更详细的情况，既想立刻弄清楚详细情况，又希望自己根本没有打通这个电话。

我定了票，第二天下午四点钟出发。然后我给父亲打了一个电话，半年里给他打的第一通。

我问他最近怎么样，他说不错，身体、生意都是。他似乎在睡觉，说话时重重地呼气，听上去很累、虚弱。我忽然想到我离家的这些年，父亲给我打过的为数不多的几次电话。

他通常会带来一些不好消息。比如某个人摔进了搅拌机，当场死亡；某个人得了癌症，第九天的凌晨走了，死的时候睁着眼睛。我认识那些人的儿女，与我同届，或者大一届，我都认识。

我告诉他，我出了一本书，还开了新闻发布会。这是我头一回和他说起这个事情。他很高兴，说告诉别人他的儿子是个作家，别人都不信。我说，我用笔名写作。他没问我笔名是什么。他并不关心我到底在写什么。

第二天晚上八点多，火车到站。山里的小站，望出去一片黑茫茫。在上海时，我常常希望能有个机会看到山里的星空，在那条毯子般厚重的银河带下走路，可惜这几天都是阴天。在出站口，我看到他，似乎没变，似乎又老了一些。他好像喝了点酒，脸庞黑红，但我没闻到酒气，也可能他的脸本来就是这样。

我们一直没说话。车子上高速公路后，他说，星期六要去合肥，有个饭局。自从在合肥买房后，爸妈一直是镇上、合肥两头跑。我说我也去。他夸我终于懂事了，以前我拒绝参加他的任何饭局。

车子开进小镇，两边的路灯都关着。我印象里，镇上的路灯是天黑时亮起，持续两个小时。我们到了。我拎着行李，看着他拉开卷闸门，熟悉的“刺啦”一声，在晚上格外刺耳。他就是做这个的，但从来没想过修一下。家里楼顶的窗户也是，这么多年，从没安上一块玻璃。以前过年回家，即使开着空调和电暖炉，也还是冷得发抖。

妈妈做好了夜宵，我一口也吃不下，喝了半小碗稀饭。我说，我现在吃素，对身体好。其实我只是觉得晚上吃多了会变胖。我不希望自己再次变成一个胖子。爸爸吃了不少，一直在吧唧嘴。不知道从什么时候起，我对这种声音特别敏感。妈妈热闹地说着话，嗓门大得让我耳鸣。她告诉我从前初中同学毕业后的去向。她问我，你还和那个姓胡的小孩有联系吗？我说，没有了。

我房间的格局变了。床被移到靠墙，书桌和床并排，正好卡在两面墙上。桌子上放着一台台式机，我初中毕业时买的，现在键盘上落满了灰。我移开键盘，拿出自己的电脑，打开浏览器后，我才发现没有网络。每次我回来，他们都是临时装上宽带，等我走了再断掉。这次太仓促了。

爸爸洗澡时，妈妈进了房间。我问她，体检报告在哪里。她说在车上。她让我今晚别提这事儿，明天再说。我点点头，表示同意。

“你一直不信迷信。但有些事真的很准。”她说，“去年过年，对门小夏帮我问了她大嫂，说你爸今年有大灾星。正月十六，我跟她跑到江苏泰州——她大嫂嫁过去的，她大嫂说，别说挣钱，你家当家的，今年只要不死，就是你的福气。”

她哭了。这让她看起来格外苍老。我想了一会儿，然后说我现在信迷信了。

“我求了一张符，塞进香包，挂在你爸车前面。”她说。

“你别怕。”我说。但我不知道能再说什么。我以前老有这种联想：很多年之后，他们彻底老了，五官皱在一起，只能坐在小矮凳上，靠着墙根晒太阳。我隔着家门口那条尘土飞扬的街道看他们，然后被一种彻底的无力感击中。甚至无法在想象中，穿过那条走过无数次的街道，到他们的身旁。

第二天，我们去山上大伯家吃饭。堂哥一家都去石家庄买了房子，临走前，把老屋扒了，给大伯和大婶盖了三间砖房。

吃饭时，大伯说，砖房住着真不习惯。他喝掉一小杯白酒，龇着嘴巴又说，儿子在石家庄批发蔬菜，每年能挣不少。我爸说，孩子们都长大了。大婶一直没说话，坐在一边默默看着我们。她一向这样，少言寡语，年轻时总挨大伯的打骂，孩子出门打工后才好了些。

他们彼此也不相劝，一杯一杯地喝着白酒。下肚时，都是一副肝肠寸断的表情。我从来都不知道这种看上去透明纯净的液体是什么味道，也不想知道。

饭后，爸妈陪大伯大婶聊天，我独自走到车里坐着，翻了手套箱、挡光板，最后在副驾驶背后的袋子里找到体检报告，厚厚的一本册子。我翻开它，从第一页开始看起，血检、尿检……我发现其实我也看不懂。彩超那一页，写着各器官的描述，我找到肾脏那一行，“双肾轮廓清晰，形态大小正常，实质回声均匀，集合系统不分离，右肾皮骨髓质分界清楚，其未见异常回声”。

我轻轻地喘出一口气，然后将血检、尿检的结果拍照发给一位曾得过肾病的朋友。他告诉我一切正常，别担心。随即又说，就是血尿酸有点高。我问，什么意思。他说，其实也没什么，中年人爱喝酒、吃高蛋白的食物，都会这样。

我把妈妈叫出来，在山路边转告了她，她点点头，茫然又渴望地看着我。

“我是个没主见的人，我必须得依赖他。”末了，她说。

“你别怕。”我说。我本想告诉她，我不会丢下你的。但又觉得这样说有点傻。

她进屋后，我沿着水泥路往山上走了一截，在一个开阔的坡上俯视山下，天阴着，远方的山都罩在雾气中，目力所及，都是一种黯淡的灰色。我点上一支烟，闻着山里的湿气。转头时，我看见了奶奶的墓碑在一个更高的坡上。

我没有走近，那条小道早已被齐人高的蒿草盖住，隔着二十米的距离，隐约能看见花岗岩上的痕迹。我知道上面写的是“先妣某某之墓，孝子某某立”。

奶奶是三年前自杀的。

一点多，爸爸非要下山，有人找他打麻将。妈妈劝他睡一会儿，他没说话，硬是把车子从岔路上倒到大路上。妈妈坐在副驾驶上，让他开慢点，劝了两次。我觉得他有些不高兴。我望向窗外的景色，之前被云雾遮住的山峰逐一显现。我在这些山里长到五岁，但不知道其中任何一座的名字。或许它们根本就没有名字？许多向阳的山坡被开垦成庄稼地，这会儿稻子还是青色，我心不在焉地想，秋天都快来了。

突然，车被急刹住。我没有系安全带，身体随着惯性撞上副驾驶座位。跌向前方时，我脑海中出现的是“青黄不接”这个词语，立刻又想，那些究竟是麦子还是稻子？大概是在察觉到疼痛时，我才透过挡风玻璃往前看了看，前方视野开阔，竟没有雾气，一丝吊诡的阳光刚好投在对面的山壁上，下方是一片地势平坦的山谷。我们稳稳地停在一个大拐弯边，前轮已滑到水泥路之外。

我握住车门把手，想拉开车门下去。我听见妈妈嚷了几句，然后车子又倒回水泥路上。接下来谁都没谈这件事情，车子开得很慢，最终平安抵达镇上。

后来我想，我应该拉开车门下去，并且让他也下车，然后就在这个山谷边，好好谈谈。我觉得我应该趁着火气上来，告诉他，你也该长大了吧?

他带我去见他的朋友,寒暄一番。他们问我在上海的工作、收入,我没办法说清我到底在做什么。等麻将席落座后,我回了家,在靠山的房间里待了一下午。那山上有座信号塔,银色、尖利,与常青的松柏长在一处。

那晚我们谈了一会儿,我开门见山地告诉他,我看了你的体检报告,也给懂这个的朋友看过,没事。他忽然就抹起了眼泪,什么也不说。

我一项一项把我知道的全解释给他听,叮嘱他最要紧的是生活习惯问题,饮酒导致血尿酸指标偏高。他仿佛没听到我说什么,固执地告诉我,他的身体不出五年就会垮掉;又说,这样也好,至少没死在外面。我无言以对。只好又絮叨地重复了一遍那些生活习惯的说法。

之后又有几个饭局,镇子上,以及去了合肥。席间他兴致都很高,在合肥时尤其。他将我介绍给他那些明显在另一个阶层的朋友,听到别人夸我有出息时,几乎失态地咧着嘴点头。我知道,他又喝多了。但这次我非常配合,用饮料敬了几杯酒,说了一些好听的话。我清楚他在乎这个。

饭局结束后,我们走路回家,他几乎走不直,啰嗦地重复着,儿子的光荣,就是他的光荣。只要这个家族有兴旺的希望,这一切都值得。我却不停地想起,高中有一次与他吵架,给他写了一封信,结尾是:不要对我有所期待,我只想潦草地成长。

离开合肥的那个早上,我陪他去中医院看了专家门诊,医生开了一点除湿去寒的中药，我抢着付了钱。回家的路上，他指着一家装修豪华的酒楼，说要带我吃饭，我说别乱花钱，快回去吧。其实我只是不知道和他面对面坐着时，可以说点什么。

下午，他送我去火车站，我过了安检，看见他在外面使劲地挥手，脸上挂着灿烂的笑容。他好像在说点什么，但我什么也没听清楚。我看见年轻的安检员冷冷地看着他，近乎透明的皮肤上，攀着几根青色的筋脉。

我一上火车就睡着了，没有做梦。醒来时，我去卫生间洗了一把脸。我在脏兮兮的镜子里看见了自己：那张年轻的脸因为眼袋而显得格外疲惫。我忽然想到，这一切都是迟早的事情，有一天，他一定会搞砸一切。

我们都会的。

一堂失败的离别课

杜修琪
◇ 黑龙江人，写文章里比较会打篮球的，打篮球里比较会做饭的。前《大象公会》主笔。

·1

早上八点钟，我被电话铃吵醒。是爸爸，他语气紧凑，又有一点疲惫。我隐约猜到了什么。

“孩子，你别紧张，”他说，“爷爷情况不太好，你看怎么回来一趟。”

我应声答应，问了现状，便匆匆挂了电话。我躺了一分钟，脑子里什么也没想，然后坐起来，用手机查询最新的机票。从云南大理到黑龙江大庆，最快的中转也要十个小时。我比较价格，敲定线路，收拾东西，直到下楼出门，都好像在安排一次突然的出差。

是的，我没有一丁点紧张，或者说，没有什么大的情绪波动。

接下来的行程有条不紊，我还趁转机在北京见了两位朋友，带了两包东西。晚上起飞前给家里打电话，他们只是重复“路上注意安全”。

我却明白，爷爷可能不行了。

在候机厅，我试着拼出爷爷的样子。我知道他瘦、吸烟、耳背，唯一的娱乐是打扑克，大部分时间，都坐在窗边看马路上的车。但我不知道他喜欢什么，讨厌什么，不知道他有什么朋友，有什么终生难忘的记忆……他的样子那样模糊。

说到底，我们不熟。

我对这种“不熟”倒是很熟悉。和父母、亲戚，我们都很少有感情交流，他们也不怎么展露。我待过的地方，就像断崖的流水，从来形成不了故乡。

我三岁离开出生的地方，到城市后搬家无数次，平房、店铺、楼房，拆了盖了，都没再回头转转。从幼儿园开始，除了小学的前四年，我都在寄宿学校。

去托儿所那年，我是班上最大的学生，却是哭得最凶的一个。每周五回家，我妈都会从我裤兜里掏出一堆小饼干、点心。看到什么没吃过的，我总想给妈妈藏一份。然后每个返校的日子，我都伤心欲绝。

等到小学五年级住校，第一个周末，我回到家就趴在店铺里闷声痛哭，我不知道自己哭什么。但我知道，那些情感的窗口都散了，宿舍里有我的失望、希望、沮丧、振作、惴惴不安和欣喜若狂。但家里什么都没有，我都是和自己待着。

大多数时候，我和父母都没什么可说的，他们不理解我，我也不想让他们理解。和爷爷奶奶话就更少了，极少亲昵，更多的是沉闷地坐着。他们对我很客气，不像对被他们带大的表弟和堂妹。我们的关系就像是照章行事，他们有着更亲密的愿望，但处处克制，无从表达，我则游荡在关系之外，不想探身太近。

我隐约觉得，这一切都有模糊但坚定的分工，背后是一个简单任务，像打战略游戏：在资源有限的设定下，怎样用最短的时间，快速升到更高级别，没有 bug，没有秘籍。饥荒、乡村、城市、大学，积木一样搭成单向的梯子。

而很显然，这个游戏里，怀旧不是必需品。

·2

有那么一阵子，大概是初中，我很热衷于探究自己的祖籍，根据查到的一星半点证据，我幻想过很多奇怪的身世。我查询历史上姓杜的名人，按历史时期排序，想象我所继承的脉络怎样辗转其中；我对山东西南的新闻特别留心，因为爷爷和姥爷都是上世纪 60 年代从山东逃荒到东北。

尽管当时的我还没有去过“祖籍地”，却设想了对它们的 100 种认同。

初中后期，爷爷奶奶搬到城市，逢年过节，我开始有了要前往的地方。

最开始还在平房的时候，需要烧炕，烧炉子。我就和爷爷一起烧，我想要把祖籍坐实，就问他所有闯关东的经历。爷爷话少，还保留着山东口音，我只能勉强听懂。他用浓重的山东口音一遍遍地说，我就像做口述史的学生一样，努力拼起时间、空间线索。

但都没有用，他始终无法按照我的要求，将时间、地点具体化。

我只大概记下：建国初，他和家里人一直摆摊做面点，大锅饭来了，面点摊被取缔，他就出去做工。“大跃进”时期菏泽闹饥荒，他就带着奶奶，按照几百年留下的“闯关东”习惯，逃离山东，迁到黑龙江，拉了很久的关系，才在生产队落户。

接下来的事情我就知道了，他生了四个子女，大女儿考上了中专，留在大庆油田工作、结婚，有了城市的生活。她帮扶着其他三人到大庆做小生意，所有人都落了脚，又回去将爷爷接过来。

但这并不是我希望获得的那种“家庭史”。

到头来，只是一次简朴的，社会学意义上的“链式迁徙”——依靠亲属关系来推进移居过程。整个过程，他们抓住了每一次可用的机会，养成了很多互助的习惯，避免了在山东沦为饿殍，脱离了急速塌陷的东北农村，又赶上了油田富裕的末端。这种迁移带来很强的惯性，使我们一代代成功地和过去绝缘。我父母虽然能够听懂山东话，但都说一口东北话。到我这一辈，连东北口音都弱了。

我们从各种途径，了解到山东繁缛的礼节，当作饭后供爷爷奶奶怀念的谈资。真正的生活中，我从没扫过墓，不知道出了两代直系亲属应该对亲戚怎么称呼。

过往的经验在两代人之间快速贬值，我们没有回头看的喜好。

·3

到大庆机场时已经 9 点。来接我的是姑父，还有一位我不认识的哈尔滨亲戚。寒暄之后，才知道是我爷爷的侄女——同样从山东逃荒过来的另一支。我们坐上车，没太多话。姑父告诉我，爷爷中午就过世了。

自从诊断出肺癌，爷爷就性情大变，不再处处想着子女。他开始藏钱，谁给他钱都收起来，放到床脚的一个布包里。有一天，他夜里偷偷叫醒奶奶，说你猜我有多少钱？说完伸出五个手指。这事儿被家里人当笑话背着他讲。

爷爷开始喊饿，而且自顾自地吃饭，他出门到麻辣烫店里点餐，狼吞虎咽，到了饭点，他会自己泡一包方便面，不管一会儿上桌什么。他更多地说起山东老家，对那一支的亲属念念不忘。今天早上通知了哈尔滨的亲属，他们开车过来，见了爷爷最后一面后，爷爷就撒手人寰。

姑姑说，本来想着能等到孙子、孙女回来，结果，还是惦记了这些人。

回到家里接近 10 点，所有人都坐着，50 多平米的屋子站了十多个人。爷爷的遗体送去殡仪馆了，他们就都守着奶奶聊天。小叔眼眶发红，一直没停止流泪，我的两个姑姑没怎么说话。

我爸看到我，让我和哈尔滨来的亲戚挨个打了招呼。我听出他声音发哑，疲惫至极。后来，他们开始商量第二天的行程，大概是请了一位风水先生，要去招魂、看遗体，还有一些规矩，诸如谁来撒纸钱，后天出殡的时候要安排一顿酒席等。

我走到屋外，感到一阵愧疚。

从高中开始，我就想带爷爷回山东。最初是想找到家族根源，后来念头淡了，就觉得他有这念想，我应该帮一把。离开黑龙江农村之后，爷爷一次都没回去过，也从未谈起，但年代更远的山东老家，他却念念不忘。

大学之后，我每年都和家里人提出回山东，都被他们以爷爷的健康为由否决。此刻我却隐约觉得，爷爷去世前攒钱，是想着偷偷回去——他担心别人是怕花钱，想要自己解决开销。

第二天，所有人都起得很早。我们坐车来到10公里外的殡仪馆，那里已经排上了队。停车场正对着的一排房子，门口都挂了灯笼，有红色、白色，有的点亮，写着名字，有的空白。我们十几个人走到中间偏右的一间，开了门，屋内放了两排花圈，正中间一口棺木，冷冻着尸体。

殡仪馆的风水先生指挥我们，按照辈分上香，磕头，又依次上前看遗容。轮到我了，走近，发现爷爷皮包骨头，比三个月前见面还要消瘦。不知道他最后的日子吃了多少苦，也不知道父辈的照顾花费多少精力。我看着垂泪未干的小叔、姑姑，还有眼神呆滞的父亲，觉得自己像个异类。即使到了这时候，我的情感还隔着一层。

从小到大，我一直跳脱在一切责任和情感之外，我保持了链式迁移的趋势，未来的某一瞬间，我能成为家庭向新的目的地转移的据点。但是他们没有意识到，让我不必为家庭担忧，并不能拥有更好的关系，只是削弱了联系。

停留了半个小时，直到一行人稀稀落落坐上车，回到家里才有了生气。哈尔滨来的亲属们活跃起来，给我们讲解之前办葬礼的经验。

一位远房姑姑说："这算幸运了，东北比山东的礼节少太多，关里（山海关里）那葬礼都折腾惨了，孝子孝孙要跪几天，来人了都不能起来，披麻戴孝的。大冬天就在那里跪着，老远来个亲戚，哐当就得磕头。"

另一位姑父插嘴说："酒席也少不了累，挨个伺候好了，老人走了，一家人也累趴下了。"最后，一屋子人都在说还是关外（山海关外）好。我不知道他们究竟是不喜欢习俗，还是不适应。

第三天出殡，又被引领着做了一次仪式，父亲是长子，被吆喝到队伍最前，拿着瓦盆。风水先生让他学着说话，像是咒语。我只记得他们高喊："爸爸！"然后"砰"的一声，瓦盆崩裂，雇佣的小乐队锣鼓齐鸣。我二姑忽然跪地恸哭，几个人都拽不动。

二姑比大姑小，看起来却要老很多。当时的农村人都明白，一个家庭是不能供养所有子女的。姐姐和两个弟弟读书，她就退了下来，烧火，做农活，后来爷爷奶奶被接到大庆，她才跟到城市。我小时候很害怕和她单独相处，土，怕埋汰。但她不顾这些，思维像是最简单的二进制，判断人就两套概念：亲，不亲；好，不好。亲的人，好的人，她能为你推倒一面南墙。

爷爷病重的时候，她每天挤两小时公交车来照顾，洗脚做饭，或者就单纯看一眼，再返回去卖菜，累到在菜市场昏睡过去，但谁劝也没用，第二天继续折返。

有时候，我很羡慕她直观的情感，就像葬礼上，我努力调动，却沮丧地发现自己没办法哭出来。生活太具体了，而我一直困在抽象中。

焚烧炉隔壁，设置了一间追悼屋。一场小型哀悼之后，焚烧，亲属在外面等待骨灰。接下来，车队送骨灰到安置处，标记地点，从此有了清明节的目的地。

我们在市区办了几桌酒席，简单招待了来客。人群散了，家里人疲惫地返回。又坐在一间屋子里，沉默替代了忙乱。小叔说，他始终没法睡觉，一闭眼就是老人的样子。说完，别人赶紧找了新的话题。有人说瓦盆摔得好，又整齐又响亮，有人说今天风大，肯定能安详上路。

我没有继续听他们聊天，回到自己的房间，开始看去北京的机票。我又想起去山东的事情，感到一阵刺痛。

我和爷爷是有共同点的，他是开端，我是另一个开端，我们都不在乎此时此地，他无法返回故乡，而我压根就没有故乡。

· 4

出殡后两天，我就要离开了。家里人不知道，半年前，我已从北京的工作单位离了职，写完了一本书稿，又正筹备着一项长途的合作采访。他们没想过我会在北京以外的地方，我也没说。爷爷的去世打乱了我之前的行程，我要直接赶到北京。

小叔说送我。他开水果店，有一辆七座面包车，平时拆掉后座，凌晨去批发市场上货，节假日装回来，当作小客车。这是他买过的车里最“城市”的一辆，五年前，他开的是白色的小型卡车，后车槽五米多长。再早十年，开的一辆绿色微卡，除了多一个轮子，气质和拖拉机没什么不同。他是家里第一个有驾照的人。

小时候，我经常跟着他跑车，减震极差，我在副驾驶被颠到半空，乐得很。

到了初中，我忽然不愿意坐他的车。那所寄宿学校是本地最贵的，我一周就五块钱零花钱，自卑扩散到方方面面，到了周末，同学们车接车送，我就一头扎出站满家长的大门，自己去转公交。

一个周五，小叔心血来潮到学校门口接我，开着那辆绿色的旧车。我上车，却感到脸上通红，倒车经过校门，我十分紧张，下意识抓起校服蒙在脸上。小叔没反应过来，说孩子你是冷吗？一秒钟后，他自己呛在那里。那是他最后一次到校门口接我。

事情过去十多年，再回家，他也来车站接送，我已经粗鲁地褪去初中时所有的敏感，小叔也换了台可以上路的"城市"车。我只是担心他几天没睡，又有感冒迹象，去大庆机场的路上有一段没灯，不安全。小叔才说完，我爸接了话。

"送，让你叔送你去，"他说，"我也跟着，问问你婶儿，你妈，你姑姑去不去？"

"那么多人干吗？"我眉头皱起来，"又不是不回来。"

"那边能看到飞机起飞降落。上次我和姑父去送你哥，就趴在旁边的栅栏，都能看见。走吧，他们不也都没去过机场吗？"

我立刻同意了我爸的话，招呼其他人去了。他们中间没有人坐过飞机，也没有人到过老家以外的地方。最起码，我明显感到爸爸脸上自信的神情，这确实是少数不花钱的新鲜娱乐。爷爷才去世，只要别都闷坐在屋里，都好。

六个人坐满了位置，出发。我坐在前排，妈妈在后面，一直想嘱咐什么，我都“嗯”过去。她不说了，只好和婶婶、二姑闲聊。我爸还兴奋地讲解机场有几个厅，飞机跑道有多长：“老远了，滑行那么老长才起飞。”

“咋能飞起来呢？就一下子撅上去？”二姑问。

我心里想，到了不就知道了吗。越长大，我越难对曾经的亲戚有共情，我尽量尊重所有我不懂的思路和情感，在内心记录下所有话，都是我无法想象的直接引语。

我发现此时的所有人都摆脱了爷爷去世的现实，气氛像一次出游，这令我欣慰。我丝毫没有离别的感觉，坐飞机么，到一个不属于他们的地方，做一件不属于他们的事情，尘埃落定，我会通知他们结果，就像以前一样。

大庆机场并不大，很新，一座候机楼都是玻璃幕墙，做了个简单的圆顶棚，分割成出发、到达和候机厅。我让他们坐在中央的几排座椅上，给他们讲怎么挑选座位，怎么过安检、登机。二姑不断问我，到时间没有，到登机时间没有？爸爸带着小叔绕出大厅，过了十分钟回来。“就那儿，能看见对吧？”他说，小叔点点头，像是让所有人放心，已经踩好点，保证能看到起飞表演。

等着无聊，我妈开始和婶婶拍照，合影，对着大玻璃幕墙，远远的是安检口，她们发到家人的微信群，每拍一次，都要立刻拿出来品味。我握着登机牌，是唯一平静的人。

四十分钟后，我拿起包，起身准备过安检。他们又一起检查了一遍，总共就两个包。“没落下东西吧？”“没落下。”

“啥时候回来啊？”“过年吧。”

“在外面注意安全啊？”“肯定的。”

“多打电话……这孩子！”

·5

我从安检口过去，到了二楼，有一排玻璃窗可以看到楼下。五个人还望着一楼的安检口，然后我爸说了什么，他们往右侧的到达口走过去。还真的要去等起飞！

我拿起电话，打给我爸：“别等了，晚上怪冷的，还有半小时，回去太晚了。”他说：“没事儿，都能看见！很清楚。”

在机舱，关闭手机前我发了微信，说应该快起飞了。然后就一直心不在焉地看着舷窗。启动了，离开廊桥，慢慢地滑行到跑道上，我隐约看到一片绿色的栏杆后面站着几个人，但我无法确认。机场只有一条跑道，飞机先滑行到头，再起飞。

栏杆变小了，我想象着他们兴奋地趴在旁边看起飞的场景，才感受到这次回家最强烈的震动。我们分别的速度都无法容纳背影，他们只能看到一架庞大的新鲜玩意儿，撅到空中，带走一个以为亲近的人。

起飞了，我拼命向斜后方看，找那台灰色的七座货车，找那一小群人。没有，我看不见。

我只能在越来越高的空中，猜测何时飞过我家小区，我的初中、高中，我和初恋约会的地方。大庆是个组团城市，城区按油田分布，像星光一样散落。

我的目光跃过一片片孤立的城池，就像我自己分裂的认同感。

生活太具体了，别离也是一样，我只学会了向前这一种姿势，只是不知道，向前到何方。

CHAPTER 2

旁观

· 结婚40年后，父亲和母亲分床睡

· 江边的亲人

· 炭火与河流

结婚40年后，父亲和母亲分床睡

邓安庆

◇ 并非安庆人，天秤座，已出版《纸上王国》、《柔软的距离》。喜欢晚上看书，催眠效果极佳。

·1

回家的第一个晚上，我就发现父亲和母亲分床睡了。

父亲在前厢房，母亲在后厢房。

看电视也不在一起了，父亲在前厢房躺在床上看，母亲要照顾两个侄子，在三楼我哥哥家的客厅看。吃饭的时候，母亲在厨房刷锅扫地，父亲跟我们一起坐在桌子上吃饭，等母亲忙完来，父亲已经吃完了。

他们，很少有时间单独在一起。

还住在老屋时，我们一共三个厢房，进大门左手边的前厢房是父母的卧室，后厢房是我的；右手边的前厢房是哥哥一家的，后厢房与灶屋打通，放农具和杂物。无论是看电视，还是吃饭，我们都在一起。空间只有那么大，大家也都习惯，也并不觉得局促。

搬了新屋，一楼父母住，二楼留给我未来结婚用，三楼住着哥哥全家，这是我父亲当时的构想。可如今，父母住在一楼，二楼我只有过年回来住上几天，三楼哥哥常年在外，嫂子在家这边上班，母亲管着他们两个孩子，屋子却空了大半。

我总觉得，父亲和母亲关系的变化，是母亲主动选择的。

她终于有了自己的一间房子，房门关上，父亲的鼾声、侄子们的打闹声、哥嫂的争执，都可以隔绝在外。睡一个踏踏实实的觉，是她在长达 40 年的婚姻生活后，才得以实现的梦。

父亲的房间，有沙发，有衣柜，有电视，有各种各样的零食；母亲的房间，可谓寒素，家具只有一张床，是我们家最老的，可能有 50 年历史了，除此之外就是各种箱子、盒子，装着家里的年货、衣服和各种暂时用不上的物件。

她本可以把房间布置得和父亲的一样，但看样子她已经知足了，毕竟，她有了自己的房间。

·2

回家前，我给自己制定一个要完成的清单，其中有一项是陪父母看电视。现在看来，也难以实现。

我有时候在三楼陪母亲坐坐，有时候又下到一楼陪父亲聊聊天。两边陪看电视的时间差不多，不会在哪边多待片刻。

虽然父母可能不会在意这些，但我作为孩子还是会注意的。就像小时候，都会碰到这样的问题："你是更喜欢妈妈，还是爸爸呢？"我们这些老于世故的小孩总会沉着应对："都喜欢。"绝不会在言语中偏向哪一个，但实际上，我们都会有更在乎的那一个，虽然不会说出来。

一年的大部分时间我在北京，每回打电话回家，总是父亲接的。父亲的第一句永远是:“你吃饭了吧？”我说吃了，又问:“北京冷吗？”我说不冷，相互之间沉默了一会儿，父亲又问：“你吃饭了吧？”

我们之间好像没有什么可说的，虽然父亲很想再说一点什么，但他自己也想不出什么话题来。等我觉得说了足够的时间，让他觉得我不是在敷衍他，这才小心翼翼地问：“我妈在吗？”他说：“你妈在三楼。我去叫她。”我还没回答，他就把电话搁到一旁，仿佛他也松了一口气似的，我能听到他向门外走的声音，也能听到他站在楼梯口喊我母亲名字的声音。

不一会儿，我母亲下来，跟父亲说：“有么子好说嘞，你说就是了。”父亲说：“你说噻！说噻！庆儿要跟你说话。”紧接着母亲拿起了话筒：“喂，庆儿啊！”一听到那熟悉的声音，我的心立马热乎了起来。

我喜欢跟母亲说话，虽然长这么大了，但一跟母亲说话，总感觉自己还是个小孩。她也会问我吃饭了吗，可那是真问：吃了什么？怎么没有买肉吃？牙齿好点了吗？天气冷不冷？衣裳够不够？过年带过去的秋裤，还能不能穿？各种细微的问题，贴合着你的生活，吃喝穿住，这就是母亲。

母亲在，家就在。

小时候，父母去长江对岸的江西种地，如果只有父亲回来了，我会很失望，虽然父亲很想我，抱着我亲，胡茬子扎得我只想躲；如果是母亲回来了，我则欢天喜地，感觉这个大屋子一下子亲切起来。母亲在地里锄草，我坐在田间地头看她，有时候也下去帮忙；母亲洗衣服，我蹲在一旁递衣服。我时时刻刻都想赖在她身边，害怕她又一次离开。

最喜欢的还是跟母亲一起在灶屋里。她煮饭炒菜，我烧火。麦草引火，棉花杆折断塞到灶腔里，旺盛的火苗舔着锅底，水蒸气从盖子沿儿漕出来。我们一边手上忙着一边说话，我总喜欢说我这里不舒服那里不舒服，母亲就说：“那去医院检查。”去医院也检查了，都没毛病。我似乎潜意识里总想吸引母亲的注意力。有时候问起母亲是如何跟父亲相识的，母亲说：“这有么子好说的，都不晓得多少年前的事情了。”

那时候还在老屋的灶屋，空气中弥漫着柴禾的霉味和青菜的微香。光线黯淡，看不清坐在饭桌对面的母亲的脸庞。母亲说起了他们第一次相识的场景：“都40年咯，我还记得。那一天，我被人带到你爸家来相亲。他家在塘边上，几间土房，茅草压顶。我坐屋里，你奶奶小脚转个不停，忙着招待。你爸倒是出去干活咯。”

我问道：“咦？是相亲哩！这么重要的日子，爸爸还出去？”

母亲点点头：“你爸是垸里的队长，集体里干活，他走不开的。连我也是请了假批准了才敢出来的！有人把你爸叫回来。你猜你爸进门时是么样儿？”母亲不等我回答，就忍不住笑起来：“一身的塘泥，挖藕糊的。穿着黑布褂，灰色麻布裤，屁股上还补了几块大补丁呢！”还未说完，我的眼前浮现出年轻的父亲，是如何把上衣扯长，好遮上补丁的忸怩样。

“你爸一进屋，东摸摸，西蹭蹭，就是不看我。我也是，头都抬不起来，坐也不是，走也不是。”

我笑说：“我听我爸说了。说是有一回在垸里看到了你，回来晚上睡不着觉，第二天，就叫人做媒，有这事儿？”

“听你爸瞎说！”母亲扭头拿起筷子赶苍蝇。

“那是么人给你们做的媒呢？”

“你龙伯。他和你外公好得很。有一次，你龙伯在我家喝酒，夜深了，外公就送他回家。龙伯回到家，看到外公孤零零一个人儿走荒路，心里放不下，又赶着送你外公回家。两人你送我我送你，快天明了，两个人儿还在路上。”

说到这里，我们都笑了起来。

天已经黑透，但我们懒得去开灯，边吧啦吧啦拍蚊子，边一句接一句地聊。母亲说到最后感慨道：“我那时的嫁妆，几本《毛泽东选集》，三床棉被，一套水杯，一件水红衬衣，就管么子也没有了。结婚的第二天，我和你爸就被派到水库去挑土，连张结婚照都没有……”

结婚的第二年，母亲生下了我哥哥；7 年后，又生下了我；28 年后，哥哥跟嫂子结婚，第二年生下了大侄子，又隔了 4 年，生下了小侄子——至此，我们家的格局定了下来。

40 年后的今天，父亲和母亲，成了爷爷和奶奶。他们之间的生活却悄然发生着改变。

·3

在我回家之前，母亲给我打了一次电话——这是非常罕见的。

一般到了周六，我都会给家里打电话，报个平安问候一下。主动用手机打给别人，对母亲来说是麻烦事，这次她突然打电话过来，寒暄了几句，就感慨了一声说："你爸爸噢，气得人死！"我忙问怎么了，她接着说："你爸爸不再是当年那个爸爸了，现在完全变了个人似的！"

父亲是公认的好脾气，尤其是我这么多叔爷中，除开我父亲，几乎没有不打老婆的。从小我便看到叔爷打起婶娘的场景，全家子女跪在那里求情，这时往往会有我的堂姐哭着跑来找我父亲："细爷，你快去！我爸爸又打我妈咯！"

唯独我父亲是不会对我母亲动手的。

但父亲虽然没有打过母亲，却也不太体贴母亲。我在北京有一位拍纪录片的好友，我看过他拍他父母的纪录片。片子里，他父亲怕他母亲太累了，会给她端凳子，头上有脏东西会亲手给她摘下来，家务活样样都会去做……你能看到一位好丈夫是如何去体贴呵护他的爱人的，那些在生活中的点滴关怀，父亲却从来没有对母亲这样做过。我一直觉得父亲是个长不大的孩子，他自我的一面始终都在。

就拿电话来说，他会在电话中说："哎哟，么办？屋里棉花不值钱咯……天天下雨……俺垸里菊花娘前几天中风死了……讨债的人来了……"他会说出很多让人听了心为之一沉的话，他内心的恐惧和担忧，都不经过滤地倾倒给远在千里之外的我。我会在电话里安慰他，像个大人抚慰一个受伤的小孩。

然而，一旦是母亲打电话，我心里立马松弛很多，母亲会告诉这些都没事，一切都正常，我们会像以往一样聊起各种琐事。

当然，我们都习惯了在电话中报喜不报忧。你那边怎么样？很好啊。你在北京如何？我也很好啊。

而父亲常会揭开生活不容易的那一面，其实我们都知道，只是不说，但父亲不会掩藏。他一辈子都在这种担忧中度过，需要人来抚慰。

如今，母亲突然打来这个电话，告诉我父亲已经变成另外一个她不太认识的人了，我其实并不意外。

母亲打这次电话，就是因为前几天父亲在村里打牌。

南方的冬天，屋里比屋外冷，但是父亲依然坐在别人家里打牌，打了一上午，中午跑回来从碗柜里找了点冷饭随便吃吃，下午又跑出去，继续打到晚上。母亲一路找过去，跟父亲说："多冷天，你也打得下去！你本身是个病人，还这么作践自家身体，你要是病发起来，不又是害我！"父亲没理她，母亲又继续说了几句，父亲突然拍桌子，低吼道："我病就病了，要你管！"这一拍下去，不仅我母亲，大家都吓了一跳。父亲脸色发白，全身发抖，气急了的样子。母亲没多说什么，转身离开了。

这几年，父亲身体一直不太好。

我读大学时，父亲中风，一边手臂不能动。母亲说他每天坐在老屋门口，无精打采。母亲跟他说："你现在还不能死，你儿子还没读完书。"其实也是让他别这么轻易就被病魔给打败了。好在中风不严重，过了一些时日，身体机能又恢复了。可没过几年，又检查出糖尿病。原本父亲人到中年身体发福，现在却瘦得颧骨都出来了。

糖尿病是不能多吃甜食的，可他管不住自己。过年时，拿起苹果就吃，可乐放在桌子上，不到一天，就会被他偷偷喝完。一旦被我们发现，他就说："苹果不是甜的！"跟母亲说起这事，母亲皱着眉头："已经说不信他了，管不了！家里的橘子苹果香蕉，全是他吃完的。你说，他还说他血糖低，医生让他补充糖分。他自家不管住自己的嘴，叫我们旁人么样说的？"

但父亲全然像个耍无赖的小孩。

那天父亲打了一整天的牌，晚上回到家就说自己不舒服，还说自己在路上吐了血。母亲带他去卫生所检查，医生说没什么大碍，就是要多保暖不要着凉。父亲回来又说胃不舒服，夹菜时手指没有力气。

"你现在知道难受了？你白天干么子去咯？"母亲愤愤道，父亲没有说话。第二天，又要去理发。母亲说："天这么冷，理完发风一吹要感冒的。"父亲不听，一定要去理，理完发，也没等头发干，又去打牌，结果当真着了凉，再去医院打吊针。

感冒还没好利索，又要洗澡，说身上难受，大家一起劝他等好了再洗，天这么冷，洗澡会加重病情。他谁劝都不听。澡洗了，晚上又发了高烧……

母亲在电话里说起这些事情，连连叹气："我现在说不动他了，说什么，他都不听……"

· 4

母亲因为父亲打牌生气，也不是这一天两天了。

前段时间，母亲听婶娘说，过了一定年纪，就可以凭证件去村里领养老金了。母亲说："我从来没有听说这样的事情。"回到家，母亲找到了证件，到了日子后，去村里问。工作人员一查看信息说："你的那份已经领过了。"

母亲很疑惑："我没有领过啊。"工作人员说："那就应该是你屋里的人领了。"

母亲回来后问父亲，父亲说是他领的。母亲听罢，很生气："你凭么子拿我的证儿去领钱？你领了钱还不告诉我？！"父亲说："有么子好说的！不都是自家屋里的钱。"

母亲越发生气了："你拿了钱就想去打牌！以后我面前的是我面前，你不能拿我的这一份。"父亲没有理她，出门去了。母亲坐在家里，越想越气。

母亲从嫁过来，就知道父亲爱玩。

他不爱在家里待着，一得空，就喜欢往别人家去打牌。母亲有时候找过去，他就躲在门背后，任母亲怎么叫他，他都不答应。有一次，母亲在地里捡完棉花，上了田埂，没有看到父亲的踪影，车子也不见了。母亲拖着两袋子沉重的棉花回来，到了家后，崩溃大哭。婶娘们都过来看是怎么回事，而我站在旁边，不知道怎么办才好。母亲跟婶娘哭着说："这日子我过不下去了，我实在是受够了。"有个婶娘说："我看到他在建华屋里打牌。"说着，让我赶紧去找父亲。

沿着垸里的泥路走，我心里很害怕。天黑透了，家家都在吃饭。而我不知道我母亲说的“过不下去了”究竟意味着什么。

到了建华家，父亲果然在打扑克，声音喊得特别大。我叫他，他没听见，我再叫他，他看我一眼：“你么来了？”我说：“我妈哭咯。”他讶异了一下：“出么事情了？”我上前拉他：“你快回去看，莫打牌咯！”父亲说：“我把这盘打完。”我在边上等着他。整个屋子里，烟雾缭绕，非常呛人。我忍耐着站在那里，他没有看我一眼，牌啪啪地拍在桌子上，手边压着一摞小钱。他牌一直打得倒不是很大。

好容易打完了一盘，又开始洗牌，我真着急了：“快点儿回去！”他的牌搭子说：“你要不回去看一下？”父亲顿了一下，起身：“要得，我回去了。”我立马冲出门，往后看，他慢腾腾地在后面走，我喊他：“你快点！”我很担心我母亲已经离家出走了。父亲说：“催么子！”

好不容易到了家，母亲依旧坐在堂屋里，婶娘们都走了。我永远记得她一个人坐在那里的样子，低着头，双手撑着竹床的边沿，没有哭泣，也没有大吼大叫，更没有抬头看我父亲一眼。父亲也没有说话，他倒开水洗脚洗脸。母亲起身去房间里睡觉了，父亲去开门时，门已经锁上了。父亲只得跟我挤一张床。

有时候凌晨两三点，我会听到父亲在敲我房间的窗户：“庆儿！庆儿！”我睁开眼睛，很不愿意起床。我知道母亲故意把大门锁上，不让他进门。我站在我母亲这一边，对他常常彻夜不归的行径很是愤慨，因而他叫我，我拖延了很久，才十分不情愿地答应。

毕竟，他是我的父亲。

· 5

大年初二，表弟过来拜年，母亲端来小点心招待他。问起姑姑和姑父相处得如何，表弟摇摇头苦笑："还能么样？这么多年的恩恩怨怨，都解不开咯。"母亲点头说道："老夫老妻，都是如此。我记得你妈刚嫁过去，又哭着跑回来。她说你爸一天到黑只晓得打牌，都不落屋。你妈让你细舅（我父亲）去劝你爸。我当时就跟你妈说，这是不可能的。你细舅跟你爸不晓得玩得几好，每回你爸到我们这里来，你细舅就带他一起去打牌。"

虽然都是打牌，姑父跟父亲还不同。

姑父人非常聪明，是块做生意的料，但在当时那个环境下，做生意没有这个条件，他又不愿意种地，每天流连于各个牌局之间。打的牌也特别大，有时候钱输光了，他会偷着把姑姑辛辛苦苦从地里捡回来的棉花都给抵押出去。

而我父亲其实并不聪明，打的牌都很小，他也没有姑父那种大开大合的性格，也不敢做出把家里的东西抵押出去这样过分的事情。毕竟，他还是顾家的。

他也尝试过做生意，跟人去江西那边收棉花。有一次，车子沿着盘山公路往下开，他靠着座位睡觉，忽然间车子侧翻了出去，从悬崖边滚下，幸亏有树挡住，保住一车人的性命。他每回说起这事，都会拍拍心口跟我说："我都差点见不到你们了。"

收棉花没有赚到钱，他又去修路的工地打工，还去江边的沙场挖沙。我记得高考后拿到通知书，跟母亲去江边的沙场看他。远远的，他打着赤膊，坐在船上打瞌睡。这是我第一次亲眼看到父亲在打工的模样。灰白浑浊的长江水沿着船边流淌，阳光曝晒，瘦而黑的父亲耷拉着脑袋坐在那里。

种地从来都不会有多少收获，无论是丰年还是灾年，无论是五亩还是十五亩，一年最终所得几乎不够投入，只能靠不断地打工。

父亲年龄太大，又没有文化，出去打工人家都不要，只能在家附近找事情做。母亲说，在这方面他从来都是肯下力气的，尽职尽责地撑起这个家，供我和我哥念完了书。

可一旦回到家中，那些琐细的事情，又让他很是不耐烦，时时刻刻都想跑出去。洗衣服、做饭、洗碗、带孙子，这些太细碎，太耗费心力，又没什么成就感，自然都推给我的母亲。

我很好奇父亲那一辈，伴侣在他们的潜意识里是什么位置。一方面，他们觉得自己是一家之主，是绝对的家庭核心，甚至，他们也许是轻视另外一半的，觉得女人做做家务带带孩子，也没什么大不了的；与此同时的另一方面，又依赖她们，离开她们日子就过不去下。

大年初三晚上，我们吃完饭，父亲突然感慨道："我这辈子最大的成就就是盖了这栋房子。"他挥手往屋子的四周扫了一下，"你看，从打地基到封顶，都是我搞定的，不需要你妈动一下手的。"

母亲坐在边上当时就生气了："我没有参与吗？你为么子睁眼说瞎话？拌水泥不是我拌的，切瓷砖不是我切的？砖不是我提上楼的？"

父亲说："当然你也是有贡献的。"

"么子叫作有贡献？洗衣裳是你洗的？饭是你煮的？孙子是你

带的？”

父亲插嘴道：“我天天接送孙子上下学。”

母亲说：“是啊，你接送上下学。有一次，他们在校门口等半天，没有等到你来。你说你去哪里了？”

父亲没有说话，母亲接着说：“你不就是去打牌，忘了时间？你说要不是大孙子聪明，晓得在教室里待着，要是像调皮一点的伢儿，跑出去丢了么办？”

父亲小声抗议：“我不是也接回来了……”

母亲冷笑了一下：“是接回来，亲家母都赶过来跟我说，你玩心太重，要是把伢儿丢了，全家人都原谅不了你。再说你接回来之后，有管么？还不是我给他们洗澡，管他们做作业？你做了么子，袖着手就跑出去了。还说我也是有贡献，说出来不怕亏心。”

我出来圆场：“不要再说这了。这个家，少不了爸，也少不了妈。每个人发挥的贡献不一样。盖房子，也是你们两个人共同的成果。”

父亲撇过头没说话，母亲还在生气：“你爸就是这样，看不到别人的付出。”

我和父亲沉默了半晌，母亲一直在说话。说起以前跟我父亲去卖麦草，走了几十公里路，我那时候还小，被放在麦草堆上睡觉。等到卖完，已经是晚上了，母亲拖着板车，父亲带着我坐在车上。

“你看是哪个男人会让女人拖车？”母亲问我，又手指了指我父亲，“我回来后累得要死，还要做饭洗衣裳，他没事人一样，去玩去了。”

父亲脸绷了半天，突然说：“你这是瞎扯，我为么子不记得？”

母亲说：“你记得个么事？你心都不在这个方面。”

母亲又继续说其他的事情，有很多很多年以前的，也有最近的。我默默地看她一边说话一边手在比划，她陷入在一种情绪中，此刻都发泄了出来，一桩一桩，一件一件，母亲都记在心里，多年来无法诉说，渐渐怄成了散不去的怨气。

· 6

过年的那几天，我都起得很早，但无论多早，母亲都先于我起床。

她在厨房里做饭，我还是像往年那样陪着她。到了八点多，哥哥一家都还没起床，催了几次，也没人下来，父亲也不知道去哪里晃荡了。菜放在桌子上，热气一点点散掉。

我生气地说："不等他们了，我们先吃。"母亲说："你先吃。他们下来后，我还是要热一遍的。"我说："为么子要等他们呢？他们自己不会弄吗？天天就靠你一个人在忙来忙去的。"母亲说："习惯了。"

我饿得不行，先盛了饭，就着一个菜吃了起来。母亲又端来另外一盘菜："这个菜留点儿，他们也要吃的。"顿了一下，母亲又说："管么子要考虑别人，晓得啵？莫像你爸那样，要晓得心疼人。"

"心疼人"这三个字，一下子击中了我。

我想，这三个字是母亲最缺失的部分吧。我们总说母亲是一个不见老的人，这么多年一直都是这个模样，没有变得更老，也没生什么大病，可她做为一个个体，我们真的心疼过她吗？

只要我跟父亲在一起，没有人说我们不像的。母亲说连我的性情其实跟父亲都很像。母亲老说“莫像你爸那样说话不过脑子”，父亲不会掩饰自己的情绪，天真幼稚还有点懦弱，同时又冲动敏感。反观我自己，处处看得见父亲的影子，小孩子一般本性良善，却很自我，又很难体察到别人的情绪。而母亲却是一个深沉内敛、疑虑多思的人，一件事会在她心里反复揣摩，各个方面都要顾及，生怕得罪人。这两种性格的人生活在一起，当然有互补的一面，可是也很难完全融洽地交流。

当年我们还小，他们两个人都在为了孩子四处奔波劳累。可孩子长大了，父亲和母亲的时间和空间都一下子空了出来，他们之间的裂痕也逐渐呈现。我相信早在搬进新屋之前，母亲就想过要有自己的空间。到了新屋后，她终于得偿所愿。

我不知道父亲是怎么看这个事情的，或许他根本就不在意。以前父亲还会小声咕哝道“你妈老是管着我”，现在母亲已经完全不管他了，他吃苹果吃香蕉喝可乐，母亲已经不再说他，看到了也只是眉头一皱。反正这些年来，尽管她说破了嘴，父亲也没有改变分毫。

我想起我的外婆和外公。母亲常说她跟我父亲的婚姻，完全是外婆外公的翻版。

到了晚年，外婆和外公也是分床睡，两人也说不上什么话。吃饭时，外公说了一些话，外婆会不耐烦地说：“不要瞎说！事情么会这样？你说话过过脑子行不行？”外公会争执道：“你想太复杂了，事情本来就很简单。”

在我母亲和父亲之间，有着同样的对话。几十年来，拉拉扯扯，谁也没有什么变化。

有时候我在想，如果母亲有一天突然不在了，父亲该怎么办？我跟外婆很亲，她去世时，我曾嚎啕大哭。外婆不在后，我很少去她家，因为实在太难过了。偶尔去，外公一个人木呆呆地坐在堂屋，袖着手，叫他，他半天才反应过来，完全没有外婆在时那个精气神。第二年，外公就去世了。

外婆那种虽然不断抱怨却精心照料的日子，如水流一般，让外公得以像鱼儿一样遨游其中。一旦外婆离去，外公就是干涸河床上的鱼，虽然有晚辈拎上几桶水来抢救，也无济于事。

那如果是父亲不在了，母亲会怎么样？我却不太担心这个问题，我相信母亲会为失去父亲而难过，但不会像是失去主心骨一般，因为她自己就是家里的主心骨。家里生活的方方面面，都是她打理出来的。父亲离去了，她依旧会沿着过去的轨迹往前滑行。

有一天，大侄子和小侄子吃完早饭，围着母亲打转，一个要这个，一个要那个，母亲说这个骂那个。我说："哎呀，都快变成了少年，嗓音开始变粗，也有小胡须了。"母亲说："是啊，他们长大了，再过几年就不会再需要我了。"

母亲有自己的生活吗？她生活的全部精力都投放到这个家里来，如果有一天大家都不再需要这份操心，她该怎么办？她怎么打发这漫长的时间？这很可能是个伪问题，这也不是一天之间的改变，日子一点点地流逝，母亲也会一点点地随着生活的改变，走出她自己的路来。母亲不会跳广场舞，不认识字，也几乎没有什么娱乐活动可言。有一段时间，她也喜欢打牌，忽然有一天她觉得打牌是不好的，就再也没有打过。忙完了，她就坐在电视机前看电视，看着侄子们写作业。

下雨天，偶尔有婶娘们过来聊聊天。

她的生活，大概也就是这样平平静静地流淌。

·7

大年三十晚上，我们在哥哥家的客厅看央视的春节晚会，九点左右，电视信号突然没有了，我便回到二楼我自己的卧室，躺在床上打算看书。过了一小会儿，父亲和母亲也到我卧室里来了，分坐在我左右，问我工作和生活，我详细地跟他们讲我生活得很好，不用为我担心，家里有什么事情我都能承担。他们点点头说："那就好。你生活得好，我们做父母的就不用担心了。"

我看着他们，那一刻他们才像是一体的，不分彼此。

年复一年，我一直在外地，虽然电话中，父亲说起收成不好欠债未还诸如此类的坏消息，母亲埋怨父亲越来越固执越来越作践自己的身体，但我总是置身事外，清清爽爽生活在自己的小世界里。烦闷和憋屈，于他们是切身的，于我却是旁观。

我常跟父亲说这些都没事的，别担心，我这边会支援的；我也常劝解母亲，不要陷入情绪中出不来，抽身出来看看每个人是怎么想的，不要活得那么心累……我努力做他们之间的调和剂，虽然他们的人生格局已定。

在家的短短几天又要过去了，我收拾行李再次准备离开。最后一天的晚餐吃完，大家都没走。父亲、母亲、哥哥，还有我，坐在一起谈起侄子们读书的事情。大侄子马上就要上初中了，需要有人在市区专门照顾。哥哥说他打算在市区买套房子，父母都搬过去住，照顾侄子们的饮食起居。母亲的神情有点儿错愕，很快她就镇定下来，一只手搓着另外一只手:“那这个新屋么办？”哥哥说:“就这么放着呗。”

我也错愕，哥哥在安排这些事宜时，为何不问问父母是怎么想的？他们愿意搬到市区吗？他们在这个垸里生活了一辈子，突然把他们塞到陌生的市区，所到之处都是陌生人，他们会适应吗？

但母亲没有说话，感觉她内心里百味杂陈；父亲也没有说话，脸看着门外。

如果那一天到来，我知道父母还是会搬过去的。为了孙子们，他们愿意牺牲自己。可此时我自私地想到我自己：那我呢？当我从外地回来，屋子里已经空无一人，我只能寄宿在哥哥买的房子里，跟父母相处几天。可那不是我的家，不是吗？我的家就在这里，这里的桌子、椅子、蛇皮袋、碗筷、床单、棉被、竹篙……如果没有父母在，这些都毫无意义。

沉默了半晌后，母亲说起种地赔偿金的事情，又一次说起父亲的不靠谱，父亲又气愤地抗议道：“哪里有你想得这么复杂？事情明明是这样的……”母亲越说越气：“你就是头脑太简单！”我跟哥哥默默听着他们为了这件事扯来扯去，直到最后我也绕糊涂了——他们之间的事情，我常常是糊涂的。

门外有人放起了烟火，一朵一朵，在黑沉沉的夜里绽开。侄子们跑下楼来，也要放烟火，哥哥起身带了他们去外面。父母的争执停歇了，我们静静看着侄子们手中的烟火“咻”地一下，射向天空。

母亲忽然转头跟我说:“明天路上注意点儿。”

父亲随即说:“是的,一定要小心。”

我说:“晓得晓得。我都这么大了,会自家照顾自家的。”

母亲点点头:“这个我跟你爸晓得。”说完起身往后厢房走去,“累咯,我先困醒了。”

而父亲也起身,往前厢房走,“我去看电视。”

他们都离开,只剩下我一个人坐在堂屋。明天此刻,我已经在北京了。

江边的亲人

小杜
◇ 独立文学创作者。

·1

不管家里其他人怎么想，我总觉得没跑路到俄罗斯之前的小舅，是个很孩子气的人。

母亲那边兄弟姊妹五个，小舅最小，按说应该叫“小五”，可所有人都叫他“小六”。我问母亲，母亲解释说：“你姥姥最疼他，怕鬼神勾他性命，便用小六来敷衍。”

把“小五”换成“小六”就能骗过鬼神？我没法理解。不过以小舅的人生来说，倒还真轮不到鬼神来操心。

姥爷去世早，姥姥用她仅有的那只胳膊——另一只在她少女时代让日本人的飞机给炸掉了——拉扯大了五个孩子。

“拉扯”这个词，用在这里正合适。十月怀胎，一朝分娩，小狗小猫那样喂养着，风刀霜剑里来来去去，也都一个个长大成了人。人生的苦难与庄重，都被消解在鸡零狗碎的拉拉扯扯之间。

小舅就这样，被姥姥“拉扯”到了青春期。

在家里，因为有哥哥姐姐，免了家事义务；在学校，姥姥既不识字，也不觉得读书识字会带来什么好处，于是，小舅又少了功课的烦恼。剩下的，只能用无尽的暴力来释放他青春期无限的荷尔蒙：无数次单挑、群架，动刀的、不动刀的，上医院的、不上医院的……当然，我是没见过小舅打架的，他的身手究竟如何了得，全凭旁人的描述与我的想象。

只有一件事我很确认：小舅每次打完架都毫发无损。但这绝非是什么好事，因为他用砖头刀片在别人身上留下的麻烦，总是由我母亲出面去解决。

我曾偷偷问过小舅，究竟练没练过功夫。他撇嘴一笑，不说练过，也不说没练过。

有一次，母亲又帮他“善后”回来，他不无得意地对母亲说：“二姐，谁挨揍了不讹一笔医药费？就我只往外倒贴。啥时候我也住一把院呢？”

母亲当时就扇了他一耳光。

从我记事起，母亲就不叫他“小六”，只叫他“小死六”。可“小死六”不但不死，反倒源源不断地惹下各种麻烦，害得母亲不得不动用她所有的社会关系为他跑前跑后。

·2

姥姥家墙上一直挂着一张小舅的照片，我印象很深：二十岁上下的他，扛着录音机站在黑龙江畔，喇叭裤，太阳镜，敞露胸口的白衬衫，烫成羊毛卷的爆炸头，上扬的嘴角略带轻蔑和嘲讽，背后是那块刻着“中苏两国人民友谊万岁”的石碑。

姥姥后来信了基督教，红色的十字架就坠在小舅这相片下面。

小时候，母亲和父亲经常在家里饭桌上谈论小舅，所以小舅和小舅妈的邂逅，我是就着酸菜粉条儿一路听下来的。

那年，在绿皮火车上，小舅去省城的厨艺技校求学，遇见了小舅妈。厨校自然还是母亲“无数次动用社会关系”之后的结果。至于小舅妈当时为何坐上那趟绿皮火车，就没人知道了。不过后来，小舅妈再次坐上这趟火车，独自跑到南方，关于她的流言蜚语才忽然多了起来。

我没见过小舅和小舅妈热恋是何等情形，只是那段时间，小舅妈对母亲说过这样一句话：“二姐，没招儿啊，你们家老六看起来傻乎乎地穷得瑟，但对女的，就是有一股吸引劲儿。”

小舅妈那时候还没过门，说这话时，正在我家包饺子。她擀皮儿，母亲剁馅儿。母亲手起刀落，头也不抬就对她说：“小死六不但傻，还能作祸，你以后勤管着点儿，俩人好好过日子才是正经。”

我当时在旁边想偷偷尝一下肉馅，母亲转脸就训我，小舅妈则笑着掐了我一下，我脸上就沾了她手上的面粉。

在见到小舅妈之前，我不懂女人怎样才算好看。小舅妈出现之后，家里人都说她好看，我才如恍然大悟一般地开始明白，原来只有这样的女人才叫好看，才配得上我的小舅，多少还有些得意。

可是没几年，小舅妈在生下我表妹之后，就跑到南方去了。这件事当时算是轰动了整个县城，激发出无数种想象，流传出无数种说法。

一说南方的男人有钱，县里的男人没钱。当然，这说法让县里男人听了胸闷，便很少在口头上挑明。二说是我小舅一喝多就揍小舅妈，用那双打过无数群架的拳头，打到漂亮的小舅妈身上。这个说法得到县里人的一致肯定，甚至包括我小舅本人。当然，还有一种说法是小舅妈长得太好看，肯定不是什么“好饼”，不然当年还是个姑娘的时候，怎么就一个人坐火车去省城瞎得瑟呢。

不过，在所有说法中，有一条让县里人听着最快意：我那神出鬼没的小舅，跑去和他的狐朋狗友们喝酒，有人把一盘从俄罗斯盗版来的黄色录像带塞进机子，结果派出所的警察就出现了，一干狐朋狗友都跑掉了，就小舅没跑掉——他甚至根本没法跑，因为他睡得太死了，浑身赤条条地被警察摁在了土炕上。

整个过程听起来就像录像厅里放的警匪片，我甚至疑心小舅那帮狐朋狗友中藏了县派出所的卧底。

但这对于在县公安局上班的父亲，却是令人哭笑不得的耻辱：一盘俄罗斯盗版的录像带加上睡眼惺忪的小舅子，让他成了公安局同事们几个月的笑柄。

而母亲还来不及感受什么耻辱，就有罚款、拘留、托关系等各种麻烦等着她四处奔走。至于我那位初为人母却依旧好看的小舅妈，这件事到底对她意味着什么，我不得而知。反正，事出没多久，她就撇下自己襁褓中的女儿，独自跑到了南方。

·3

等小舅终于从拘留所里放了出来，他才发现自己年轻好看的妻子不见了，而她的娘家则纠集了里里外外的亲戚，怒气冲冲地跑到我姥姥家来要人。说是要人，其实还是为了钱——大家心知肚明，小舅妈可是自己拔腿跑去南方的呀。

我姥姥是满人，脾气倔强而暴烈，本来这种场面她是不怵的。但这些年，她信了基督教。我只记得，姥姥用那只仅有的胳膊，抱着啼哭的小表妹，对着墙上的十字架不停祷告。十字架上面就是小舅的那张相片，喇叭裤，爆炸头，上扬的嘴角满是轻蔑和嘲讽。

这场闹剧的结局是，小舅妈的娘家抱走了小表妹，姥姥家这边则凑出一笔能让他们暂时安静下来的抚养费。这个决定对襁褓中的孩子来说固然残酷，但却让整整两大家的人都松了一口气。

至于小舅对这些乱糟糟的变故到底怎么看，没人得知，也没人在乎。他沉默了好一段日子，然后下定决心，说要改邪归正。

这个二十出头的男人，为自己设计了一条救赎之旅。他的计划简单而踏实：在江边——他所能想到离自己女儿最近的地方——开一家全鱼馆，实实在在地赚钱，实实在在地养活女儿。

他翻出初识小舅妈时从省城厨校拿到的高级厨师证，跑到我家来借本钱。母亲一边骂着“小死六”，一边从储蓄所取出钱，条件是全鱼馆必须由她来管账。小舅满口答应。

一万响的大地红，整整十分钟的烟尘，全鱼馆开张了。小舅脱光上衣，甩着刺满麒麟的膀子，颠起烧滚了油的大锅。

省城拿到的那高级证并非浪得虚名，小舅的全鱼馆也着实红火了俩礼拜，连小舅妈的娘家人都带着冰释前嫌的架势过来忙前跑后。

只可惜，好景不长，酒精和那帮狐朋狗友又找上门来。母亲没法理解小舅为何还跟那群“滚刀肉”藕断丝连。可女儿养在别人家，老婆不知睡在何处，八月份的汗珠儿甩进油锅里，噼哩啪啦迸到身上，一烫一个大水疱，这些苦楚，若不就着“烧刀子”和兄弟们一起干掉，小舅他一个从小浪荡惯的人，自己能吞咽得下么？

为了这生意，为了自己的亲弟弟，母亲倒是尽了全力。可问题是她前脚挡住了正门，小舅后脚就放了旁门，母亲只能眼睁睁地看着那些浑身酒气的狐朋狗友们坐在鱼馆里狂嚼滥饮。

父亲实在看不下去，对母亲说：“本钱可以不要，但身体不能不要，你给我从江边回来。”不到两个月，母亲就从江边回来了，全鱼馆挂牌兑店，小舅的救赎之旅宣告完结。

·4

从江边回家后，母亲大病一场，从此再没去过江边。

小舅也从江边回县里了，孤魂野鬼一般。他去了姥姥家，没来我家。母亲觉得那是因为他实在没脸再来我家。可父亲认为，小舅根本不用来我家，因为母亲自己会乖乖跑过去看这个不争气的弟弟。

父亲说得没错，母亲果然去了姥姥家。不过父亲没猜到的是，母亲不但看到了自己落魄的弟弟，还看到了弟弟的女儿。

这回小舅迫切需要的，还是钱。据他说，这笔钱刚好够他的朋友为他在黑龙江上搭出一条水路，这样他和女儿就能去对岸的俄罗斯“好好发展”。他还说，俄罗斯那边有许多中国人开的饭店，只要有中国人开的饭店，他们父女俩就肯定有机会“好好发展”。

小舅说完这番“好好发展”的话，卧病在床的姥姥只是垂目祷告，母亲则给了小舅一耳光：“你要死，就给我死远点。孩子留下，孩子要是跟你就完了。”

最终，小舅如愿从母亲那得到了搭水路去俄罗斯的钱。不如愿的则是，他没能带走女儿。父亲知道后则说：“你小舅根本就没打算带女儿去什么俄罗斯，那不过是幌子而已。”

不管女儿是不是幌子，小舅的确是跑到俄罗斯去了，一跑就是好多年。

至于他是不是落脚在某个中国饭店，没人得知，也没人会在意。对于母亲和姥姥来说，没有消息，就是好消息。

多年后我去省城读书，第一次寒假回来，在我房间里看到一个八九岁的小姑娘。

母亲说，这是你表妹。父亲说，你舅还在俄罗斯。

我当时想，爱谁是谁，我才不管那么多呢。

我并不明白当时自己为何那么想，就像当时的我也实在无法明白母亲为何要把这小姑娘带到家里。至少我从这孩子身上看不到这么做的理由。

这个住在我房间的小姑娘，我的小表妹，实在乏善可陈。我在她脸上既看不出我小舅当年的桀骜，也看不出我小舅妈的好看。唯一令我印象深刻的就是那双眼睛，满是谄媚和惊恐。

母亲甚至让我趁着寒假给她补补课。

补课？我心想，家里不丢钱就谢天谢地了。

直到过完春节，我也没和这小姑娘说过几句话。这很伤母亲的心，她却拿我没办法。还是父亲解决了这矛盾：他牺牲每天打乒乓球的一小时，给表妹补算术和语文。于是父亲在我的书桌前正襟危坐，戴上了他的老花镜。

可是江边来的小表妹没能听进去半个字。父亲还是一如既往地有耐性，母亲倒先泄了气："算了，买几件新衣服，包顿饺子，还是送回江边儿吧。"

表妹回江边那天下大雪，公路不通，只能搭绿皮火车。父亲又得去局里值班，我便陪母亲送表妹。火车里挤满了人，我们三个根本没有座位。表妹一直攥着母亲的手，盯着窗外的大雪看。快进江边终点站时，她转过头问母亲："二姑，你下回啥时来接我？能不能早点？"

在人声嘈杂的火车里，表妹没哭，母亲倒先哭了。

· 5

下了火车，表妹戴上母亲给买的橙色小棉手套，雪中留下一路小脚印，引着我们到了小舅妈的娘家。门口的雪没有扫，散落着炸开的鞭炮。鲜红的炮衣皮开肉绽，黑糊糊的炮屑和白雪掺混在了一起。江边春节过后的景象，跟我们县里没有任何分别。

进屋前，母亲摘下表妹的小手套，往里塞了两百块钱，叮嘱道："这钱你自己管好了，留着开学用，谁都别让看见。"

表妹点了点头，终于忍不住在雪中放声哭了一气。擦干眼泪，紧紧实实地戴上那双橙色的小手套，推开了两边糊着深红对联的门。屋里膨胀着烟气和吆喝声。小舅妈的娘家人在火炕上支了桌，正赢天输地打着麻将。我们在门口站了好一会儿，才有人让座进屋。

母亲一手掏出备好的四百块钱，一手握住小表妹戴着手套的手，赔笑说："这两百是我给孩子姥姥姥爷拜年的，另外两百是孩子奶奶这边给的压岁钱。"

火炕上就有个老女人颤颤巍巍站起身来，放下烟锅，堆笑着跟母亲客气几句，伸出枯干而青筋凸露的手，接过四百块钱，拽过了小表妹。

母亲问："她妈妈在南方怎么样了？"

老女人眯眼笑道："在南方可好哩，总给孩子寄钱呢。"

母亲默然一会儿，说："要不我们先走了。"

娘家人突然全站起来，男女老少，黑压压一火炕，异口同声留母亲和我吃饭。

母亲赶紧留下一句"不麻烦了，还得赶火车"，便领着我逃出小舅妈的娘家。我回头看了一眼表妹——她怀揣一对手套，偎在那个老女人身旁，脸上泪痕早已不见了。

去火车站的路上，雪越下越大。母亲和我逆着风雪往前走。

北岸那条大江，腊月封冻，四月开化，历经春汛，一入夏天，便是乌滚滚的汪洋，隔两岸为两国。眼下这大雪，将两国暂时模糊成一片。

我忽然很想知道，小舅一个人在俄罗斯，有没有年过？有没有麻将打？有没有赚到钱寄给我的小表妹？他有没有想过，只要顺着风雪一路向南，就能见到他那眼神中满是惊恐和谄媚的女儿？

后来，就再没听过表妹什么消息，只除了她给母亲写过几次信要钱。母亲伤心之余，把这些信压在了抽屉底下。我曾偷偷抽出来读过一封，凭空捏造的情由，明显是成人的笔迹，怎么可能是十来岁的孩子？如此拙劣的骗局，母亲居然还会乖乖往江边汇钱，我当时实在没法理解。

再后来，听说表妹初中就辍学了，竟也跑去南方了，从来不下雪的真正的南方。

对此，小舅妈娘家给出的解释是："这孩子俺们没法管，根儿不好，随她爹，天天不学好，还偷钱，让她妈管去吧。"

失散多年的母女二人，重逢在不下雪的南方，无亲无故，到底靠什么安身立命？对于这个显而易见的问题，所有知道这事的人——包括我的母亲——都选择了缄口不语。

那时，姥姥已去世了。没有了喃喃的祷告声，十字架也不知去了何处，唯有小舅在江边的旧相片还挂在墙上：喇叭裤，爆炸头，上扬的嘴角满是轻蔑和嘲讽。

·6

后来我读研，出国，在外面晃了这么多年，越发觉着日子混得比翻日历还快。

去年回国，没想到居然见到了小舅。他刚从俄罗斯回来，理着干净利索的平头，一张四平八稳的脸白白胖胖，那副乐颠颠的模样活像个小佛爷。他居然真的在俄罗斯开了饭店。

母亲半信半疑，问他在那边过得到底如何。小舅也只是笑："还能咋样？那么混呗。饿不死，也撑不着。"

他掏出一个信封，交给母亲："二姐，这钱帮我好好存着，以后等我老了回国用。"

经历过这么多，小舅可是毫不显老。我父母，还有另外几位舅舅舅妈，大家都老了。我突然想起了那位当年好看的小舅妈：在不下雪的大南方，她是不是也不会变老？

小舅说他入了俄罗斯籍，还在那边找了个媳妇。

我又想起小舅妈当年那句话："二姐，没招儿啊，你们家老六看起来傻乎乎地穷得瑟，但对女的，就是有一股吸引劲儿。"

小舅掏出一张照片给我们看：乐颠颠的他，身旁是一个同样乐颠颠的中国女人，中间挤了一个戴眼镜的中国少年。原来是他在俄罗斯的全家福。

母亲问那是谁的孩子。

小舅嘿嘿一笑："跟谁过就是谁的孩子呗。"

母亲把他那信封甩了回去："你这钱，是给这小子攒的吧？那你自己的亲生姑娘呢？连问都不问一句？"

小舅没话说了，连笑都笑不出来。

还是父亲出面给姐弟二人解了围。他劝母亲："一个跑到大南方，一个跑到老毛子，还能咋整？"

"是啊，还能咋整。还能咋整……"中年发福的小舅一边点着头，一边重复着这四个字。

这四个字，是县里人常挂在嘴边的。

特别是那些被人生压得透不过气的中年男人。他们干掉一大口烧刀子，咂着嘴儿，慢慢悠悠地吐出这四个字，夹起一粒炒花生米，送嘴里嘎嘣嘎嘣嚼着，仿佛是在品着这四个字的滋味，仿佛这四个字是一道魔咒，能让所有的苦痛，统统抛诸脑后。

少小离家老大归的小舅，在县里没待几天，就觉得无聊难捱。他在姥姥墓前献了花，烧了纸。

那天，他回到姥姥家的旧房子，对着墙上自己那张旧照发会儿呆，叹口气，扯下来团一团就扔了。

他嚷嚷着要回俄罗斯，又像是自言自语地说："还是他妈的老毛子好。"老毛子不但有莫斯科红场，有他的饭店，还有他的老婆孩子热炕头。

临行前，他要塞给我几百块钱。他对我说：“你也别瞧不起你这舅舅！好不容易有你这么个出息的大外甥，不让我意思意思？”

眼前这个中年发福的男人，我是全然陌生的。我心中的小舅，永远是那个喇叭裤爆炸头的家伙。我不愿收这钱。但母亲却让我接下，她平静地说：“这是你舅的一片心意。”

本以为多年没见小舅，母亲又是要哭的。可她从头到尾没掉一滴泪。想想也是，她为小舅，为表妹，为老老少少的亲人们流了这么多年的泪，大概已经哭得差不多了。

炭火与河流

陈秋心
◇ 才不是一个没有故事的女同学。

每年春节，我都要回到河南省固始县蒋集镇新街村——我的故乡。

爷爷奶奶还在那里“留守”，他们都是农民，无法离开活了一辈子的土地。

我爷爷是名基督徒，种地之外，他把他剩余的所有能量都投进了那个二十几人的小教会里，其余诸事一概不理；而我奶奶号称是个基督徒，但比起聚会祷告，她显然对打听消息、管闲事更感兴趣。

自来有所爱，便有人投其所爱，奶奶爱说闲话，便常有人来找她闲聊。

冬天烤火，夏天纳凉，固有的生活习惯像一张网，人们在其中有规律地交换着信息，确定着自己的位置，也关切着彼此的命运。

每年回乡，假如我肯花一些耐心，便能从奶奶和她串门的客人们嘴里听见让我心惊肉跳的东西。

有时她们说：“俺们这里好刮龙卷风。20 多年前，三里庄宋荣的媳妇、闺女都是刮龙卷风时屋刮倒了砸死的。闺女要是不死，都 30

来岁了。那年龙卷风单挑三里庄走，树都连根拔。”

有时她们说：“河北边宋湘家儿媳妇、孙女，宋廉家闺女，赶蒋集过河，船翻了，一起淹死了。宋廉哭得死去活来的。她闺女巧（灵活聪明）得很。那一船，淹死三四十人，光姓宋的都淹死五六个。河北边拐豆腐的，一挑豆腐在蒋集都卖完回家了，又把豆腐挑子撂家里来赶集，结果淹死了。你爷经常买他豆腐，多熟。”

在我奶奶饶老太太和她朋友们的万千絮叨里，常常埋藏着蒋集镇人支离破碎的生死和命运。

·1

蒋集镇的木炭太贵，要两块钱一斤，饶老太太舍不得买，就一天天在地灶的炉膛里扒拉，把没烧尽的木块一粒粒收进小陶罐子焖好，再一罐罐倒进塑料口袋存起来。

大平原的天气很纯粹，夏天的热和冬天的冷都跟要人命似的。她存木炭头，只是担心过年儿孙回来点炭火盆时没烧的。

炭火盆这种东西，哪还有多少人会用，但饶老太太就凭着那点“万一用上了呢”的残念，存了四大口袋。这个冬天，还真派上了用场——年初三，她终于等到妯娌媳妇孙子孙女围着火盆坐了一圈。只是饶老太太自制的“炭”毕竟在质量上单薄了些，眼见着才半天，一塑料口袋就见了底。

“没事儿还多着呢，还多着呢。”老太太攒了好几年的骄傲就等这一刻，她从阴暗的角落里又拖出一口袋炭头，那快要 90 度的腰却挺直了好些。

·2

无焰的火在不动声色地蔓延。

“这火热的，上身好快！”一个老妇人一边用火剪拨火，一边惬意地说。她是老太太夫家兄弟媳妇陈王氏——不过现在已经是遗孀了。

陈王氏的丈夫去年死于食道癌——这是这个镇子上最常见的病。陈老头病到最痛苦的时候连水也喝不下，几个儿女凑钱把老父亲送到省会大医院诊治，可医生发现他的肺也有问题，根本无法支撑到食道手术结束——要治癌，还得先治肺。

老头想着自己 70 多岁的年纪也活够了，没什么文化，都在艰难挣命的儿女们也没有几个钱能耗在这上面，就大手一挥说咱回家吧。儿女拗不过，只好抹着眼泪将他抬了回去。

不久后，死亡就如期降落在那田埂尽头的两间小瓦房上，带走陈老头，如同掠过大平原的风卷走杨树梢上的一片枯叶。

这是再正常不过的死亡，还值不上人们围在火盆四周寻味。

大家这会子关心的是陈王氏的二女婿——前阵子，40 多岁的男人从街前一块平地上经过，莫名其妙摔了一跤，一条腿就这么折了。医生从他小腿里取出一片半指长的碎骨，嘱他卧床半年不要动弹。

二女婿一家做的是贩鸡、杀鸡的营生，两口子要去县里的养鸡场批鸡，运回来杀好、除毛，卖给赶集的人。风里来雨里去一二十年，因为做生意实诚、不缺斤短两而赢得了稳定的客源。

只是镇子统共就这么一点儿大，不管两口子多努力，都只能挣个饮食无忧，那种任性关门歇业睡个好觉的日子，始终一天也没有享受过。

二女婿摔跤那会儿，正是卖鸡的旺季，七尺男儿只能看着老婆起早贪黑，自己却躺在床上不能动弹，恨得自己扇自己耳光，哭了好几场。

·3

冬日火盆边的闲话里，散发着掰碎的花生壳、沾着唾沫的瓜子皮、糖果包装纸这些乱七八糟的东西被扔进炭火里烧出的奇奇怪怪的味道。

第二盆火添上，人们一边安慰着陈王氏，一边说二女婿这一跤摔得好蹊跷——那块平地上明明什么都没有，一个月前某某的儿子也在那儿摔了一次，只是运气好，“没摔坏”。

然而，和这镇子上发生的其他许多事情相比，二女婿也算是幸运的。

饶老太太对门有个卖建材的小店，老板是个姓郑的光头，心胸和店面一样不算太宽阔，饶老太太家修厕所没有买他的材料，他还生了好几天气。

其实也难怪，在人丁日渐稀薄的小镇上，留下的人们把生活的欲望一再压制，折算成现金去盖房子，买地，给儿子娶媳妇，不停地生孩子、交罚款，或者用来治节衣缩食落下的各种病。总消费能力就这么大的情况下，家家都是不温不火。

郑光头费尽心思挣的钱，也全投在自家正在建的两层小楼上。那几乎是他生活的全部念想，以致于每天吃罢晚饭，他都要背着手去新房那里转两圈，这里瞧瞧，那里看看，好似总也看不够。

可就在年前一次例行“检阅”中，新房一整面夹墙突然倒塌，压向了正在墙根下站着的郑光头。一块崩飞了的红砖不偏不倚地砸在他脑壳上。等到人们发现时，郑光头已经在砖头堆里浑身冰冷。

·4

火盆四周一阵唏嘘，之后陷入一种奇怪的安静。

饶老太家院门外几步远就是县道——这个镇子赖以存在的命脉，此时一年一度的车流喧嚷、鞭炮人声，夹杂着几声局促的警笛声流进墙门。

饶老太正往火盆里添炭，此时像被冻住了一样停了所有动作，敏锐地支楞起耳朵，说这哇啦哇啦的，不知道哪里又着火了。

镇子太小，日子太枯索，所有的面孔都太熟悉，因此一点点的不寻常——比如今天这几声局促的警笛，都能刺激人们陷入半睡眠状态的神经。然后，话题和炭头上的火苗一样被重新引燃——近几年小镇上的各种离奇死亡事件，在饶老太太的火盆边来了一次总爆发。

二组庆林子家的爹，五六十岁上也没了——因为盖猪圈，不慎从一米多高的水泥台子上摔了下去，当时没爬起来，叫救护车送到县医院的路上就断了气；而南边的吴老头喂了只小黑狗，逗狗玩儿的时候被咬了一口，不愿意打疫苗，不久之后染上了狂犬病死了；街那头小林家的媳妇，去年还笑盈盈地跟路过家门口的熟人打招呼，今年春节已是一周年祭……

小镇上的人，都奔着九十岁去活，却常有人中途猝然退场；他们也制定计划，也辛苦劳作、生儿育女、攒钱养家，却常常在触手可及的希望中，几乎是以随机的方式突然消失。

·5

饶老太太今76，在镇上已经算是高寿，这让她成为许多生命开阖的见证者。

更有意思的是，饶老太因为弯成了90度的腰不便行走，几乎不出门，可远近大小事却总是一清二楚。历来死去的人们，似乎都要在她没牙的嘴上化为几个语言符号，才算完成了在人世间的所有意义，再被大平原的风带走。

第四盆火快要燃尽的时候，邻居突然闯进来，眼睛也不知道该看着火盆周围的谁，只是一拍手一顿脚：“庆林子的腿给压断了！就刚才！”

火盆边炸开了锅。

“哪个庆林子？”

“就门口的庆林子，还能有哪个？县里的救护车刚拉走。”

“哎呀怎么搞的？”

“我说怎么警笛哇啦哇啦响呢。”

“他家还有两个小孩，这可怎么好！”

……

七嘴八舌中事情才慢慢清楚：庆林子去给亲戚拜年，喝得大醉，硬是给亲戚劈手夺下酒瓶才作罢。回头的路上他骑着电动小三轮上坡，迎面撞上了一辆下坡的中巴车，两条腿从膝盖以下都被碾没了。

38岁的庆林子家很穷，前年刚失去了父亲，如今又失去了双腿。开中巴车的司机也一贫如洗。灾厄从不预先告知会降临在谁身上，也不告知降临在什么时候。

·6

蒋集镇就是那种农田和尘土里的典型农村，一入夜满天星斗，静谧会一直灌进耳鼓里。

白天在高一点的楼顶上，人们视野所及都是大平原的肌肤——那时，你会怀疑是谁掌握着自然的标尺，能把这方土地塑造成眼下这样，任哪一处也不高一块、也不低一块，它就是“平”的代名词。

曾经这里是很多人的乐土，哪怕在此遭受饥饿和折磨，他们也总能在此挖掘生机。

但最近有回来的人说，这里土壤里缺乏一种叫硒的元素；也有人说，浅层地表水已经被未处理的农村生活生产垃圾污染，村民们还是常年饮用、浑然不觉；还有人说，村里人生活方式太落后，食物不洁，营养严重失衡，都是各种疾病的缘由。

总之，现在活着变成了一件很艰难、有时要靠运气的事。

立春已过，大平原上田垄青翠，土下是根系、块茎，和一代代人的枯骨——虽然最近几十年有很多人离去，但仍有很多人留在这里，和杨树、玉米、芝麻、花生一样，等待着生长、成熟，等待着时令改变，等待着衰腐、朽败，或是意外的死亡。

大平原尽头是史灌河，水流宽阔，受地转偏向力的影响，一年年以肉眼不能明察的速度侵蚀着右岸。

右岸就是蒋集镇，我的故乡。

CHAPTER 3

跨越

· 被坡井、屁股、灯塔缠绕的青春记忆

· 我在超生村的日子

· 火车轨上的家

· 我家仿佛赶上了“拆呢”的所有拆迁

被坡井、屁股、灯塔缠绕的青春记忆

谷粱

◇ 网站编辑。曾在南方工作，现蛰居京畿。

·1

马小军一脚踹到米兰的屁股，把她踢到泳池里。每当回忆起这个镜头，我想到的却是另外一个屁股。

那是大约二十年前的一个夏天，当时我才十二三岁。那个总是骑着摩托车风驰电掣的小奇，载着他女朋友，路过我们村口的那块鱼塘。我正和三儿在一起抓蚂蚱。小奇吩咐我们去把鱼塘的那条船给拖过来，因为他女朋友想去采荷花。

小奇那时大约有三十岁，经常穿着夹克，戴着墨镜，烫着一头卷发。这种发型，后来我在《成长的烦恼》里迈克的头上见到过，总之是“不正经”青年才有的装束。在大人的口中，小奇也是“二流子”的代表，我们都不敢惹他。

船拖回来了。我们都跳上了船。小奇自己站在船头撑船，她女友贴着他，我和三儿坐在船尾。船驶入荷花塘后，他女朋友弓起身子，左手按住自己的膝盖，右手努力往前，试图拽住一朵荷花。

此时她的一缕过肩长发披在背后，一缕前垂，遮住了她的半边脸。她穿着一件浅色条纹的短袖白衬衣，衬衣下摆塞进她那条未过膝盖的深色短裙里。

衬衣紧致有型，裙子也很窄，紧绷绷的，衬托出她的屁股很小，很好看。

三儿轻轻抬起一只脚，在那个妞的屁股后面比划了一下。他并不敢踹出那一脚，我知道。

夕阳西下的时候，我和三儿一起烤蚂蚱。那只被深色短裙包裹的屁股还萦绕在我的脑海里。

那种少年时不经意闪过的瞬间，在心底留下的投影那么根深蒂固，以至于将入中年时都难以忘怀。

现在回想起来，我对女性美的认识就在那一刻定了型。我想这都是附近那座矿井带来的。我执意要把这一切都归结于矿井：有了它的存在，才有这么一个骑着摩托车穿梭于矿井和农村之间的拉风的小奇，后座上才会坐着一个穿着紧身短裙的城里的女朋友。

说起来，我的前十八年都一直与这座矿井有关。在我的大部分记忆中，它是先进、繁荣、昌盛、现代的代名词，是我少年时代对美好生活的全部想象。

·2

我本来可以成为一个矿工之子。我的父亲生于1957年的苏北，我的爷爷逃过荒，奶奶在上世纪60年代饿死。我父亲在21岁那年，刚从外地做河工回来，正赶上家乡的坡井——这是矿井的名字——正在招工。

那时，坡井刚开工建设不久，我们村南面的一大片地被征收。作为补偿，坡井决定从附近每个村子招收几名矿工。在那个时代，工人阶级先锋队的光环很是让人羡慕，不但是先进生产力的代表，还意味着一份收入稳定的工作，然后就有钱，也就有了一切。

据说那个时候工人每月工资几十块，在当地已经算是非常高的收入了。我读五年级的时候，一个学期的学费不过是42块钱。

阿福的父亲就是矿工。他家很早买了彩电，每逢过节都有吃不完的肉和水果。我能沾到的福利是，可以去工人澡堂里免费洗澡。阿福的外婆意气风发，常常抽555牌方盒的香烟。

我父亲参加了坡井的第二批招工，并且顺利通过体检，挤进了五人录取名单。但父亲最终没能去成，工友们后来说，他的名额被一个姓李的顶包了。

这是在我出生前，大约是1981年，父亲遭遇的一次重大挫折。我家领到了坡井发放的征地补偿金1050元，这笔钱的确在当时也发挥了很大的作用。但我们都知道，一次中奖，当然比不上一张永久的饭票。

身为一名矿工，这种福利甚至能泽被后代。直到四年前，我有一次出差中，意外得知我的一个苏北老乡是一名矿工之子，由于他们当地的煤炭专供上海，于是得到参加上海高考的福利，轻松考上了名牌大学。

刺激我的还有隔壁的老张家。坡井存在的二十多年中，他一直跟着这座矿。他现在的退休工资大约是每月三千多块。

所以，每忆及此，尽管已经过去了三十多年，我的父亲多少还有些介怀。这种介怀也遗传到了我的身上。我也曾经十分向往成为一个矿工之子。

在高中的时候，有一次填写履历表中“父亲职业”时，我犹豫了一下，填了“矿工”。这多少是有虚荣心在作怪。我想，作为一个矿工之子总是有一点优越感的。我又安慰自己说，这也没有错，毕竟当年顶包我父亲的人住宿舍登记的是我父亲的名字，甚至退休金账户上也还是我父亲的名字。

·3

我真正意识到矿工的幸福是在上了小学以后。那是以我为纪元的五年之后，我刚上小学一年级。

小学在我家南面，坡井在小学的南边。也就是说，我距离坡井更近了一步。那个时候起，我逐渐发现，我已经离不开它。

长久以来，坡井永远熠熠生辉的灯光照亮着我所有努力的方向。

尤其是在每一个农忙季节的夜晚，我躺在小学南边打谷场的麦秸垛上数满天的繁星时，对面坡井耀眼的灯光提示我，他们是永远不用靠啄食泥土而生活的。能够像他们一样“买着吃”，是父母在我身上倾注的所有期望。

坡井在我们眼中简直就是天堂，什么都有。我小时候很多的第一次都是在坡井实现的。

这里生产的冰棍一毛钱一支，汽水很甜，我有时要偷父母口袋里的钱去买。我第一次吃到香喷喷的煎包也是在这里。一口大平锅在炉子上滋滋地冒着白汽，开锅的时候撒上一些香油，煎包出炉时泛着金黄色的油花。

我在坡井大门对面的老徐理发店理发。老徐是个瘸子，整天有说有笑。有一次我等待理发的时候，拿着他的刮脸刀要。他说这把刀很钝，连铅笔都削不动，搞得我立马没了兴趣。

我看的第一场电影是在坡井的大会堂里看的。那时全校组织看《妈妈再爱我一次》，所有人都哭得眼泪汪汪。

不久之后，学校在这里组织的另外一场教育活动令我至今难忘，那是我唯一一次看到的公审公判大会。那也是一个严打的年份。十几个人被五花大绑——我母亲说这叫“绳之以法”——推到台前，每个人后面都站着穿绿色制服、头戴大檐帽的公安，下面坐的是使劲拍掌的全校的小学生。一个人拿着扩音喇叭，历数每一个人的罪状，几乎都是偷窃、抢劫、耍流氓之类。他们当场都被宣布坐牢，然后被押上警车，呼啸而去。

我高中时穿的第一件西装也是在坡井定做的。我很得意，因为这是英式戗驳领的，而不是轻佻的美式西装。

这家服装店的旁边是两间平房，上书“华联商店”。每年暑假，任达华在地方电视台广告上不停地轰炸“买彩电到华联”时，我常常以为就是这个华联。

高中以前，我的各种证件照都是在坡井的照相馆拍的。照相馆的主人啤酒肚很大，拉手风琴的时候，完全不用腆着肚子。

坡井满足了我在少年时代对城市生活的全部幻想。这里不但有饭店、商场、澡堂、医院、磨坊、学校，还有舞池、录像厅等那些在电视剧上才能看到的时髦东西。

从我在的村子往南走，进入坡井的第一道关口是一个台球室和一个录像厅。我从来不曾在那里打过台球，也不曾看过一场录像。因为这都是“坏孩子”才干的事，我被教育要远离他们。

不过在我的印象中，小奇经常载着他漂亮的女朋友进进出出。

·4

坡井在1984年开始出产煤炭后，街道渐渐繁华起来。坡井门前那条街上，大小餐馆鳞次栉比。这些餐馆都是本地人开的，目标客户就是工人。

这里的工人有今朝、无明日。每当工人开支（发薪水）的日子，餐馆就生意爆棚，到月底的时候就一片惨淡。他们生活得很“潇洒”——

那时很流行这个词,《潇洒走一回》整天在街上的大录音机里单曲循环。

这种“潇洒”跟我素不相识。想来想去,我在这里的餐馆吃饭的次数不超过十次。

我只能捡他们剩下的。我小时候有收集烟标的爱好。这些烟标主要来自坡井工人住的楼下,他们经常往窗外抛垃圾。我常常和两三个同学跑到他们楼下,像做贼一样从垃圾堆里翻检,有时还要躲避工人从窗口投来的鄙夷的眼神。

现在我还能回想起来,有“金丝猴”“大前门”“大重九”“丽华”……我们互相比拼,看谁收集的烟标又多又好看,还进行交易。一张“金丝猴”烟标可以兑换两张“大前门”,或者五张“千河”。

他们住的楼房有六层高,而周围的村子当时几乎全都是平房。谁家有了钱,就会盖上两层小洋楼。我上初中以后才能够爬上三楼。我曾一度站在走廊上,扶住栏杆小心地往下看,试着体验他们住在三楼的感觉。

坡井人都是很有钱的样子,以至于周围的人都想傍上它。在我们的印象中,坡井就是一座金山,仿佛出产的不是煤,而是金块,只要和坡井沾上了边,生活就会大有改观。

我家也试图接近过。我家曾和别人合伙买过一架煤球机,生产煤球以贴补家用,后来又转卖给了别人。那家女主人有一次俯身捡煤球机下的东西时,不小心被绞掉了右臂,落得个外号“一把手”。

为了将煤运出去,镇里专门成立了联合运输站,大卡车经常满载煤块穿梭在乡镇之间。于是,在农闲的时候就盛行一种很荒诞的场面：很多人拿着锄头、铁锹站在马路边上，等待满载煤炭的卡车经过的时候，从车上刮那么几斤煤块下来。

所有人都这么做，所以大家并不觉得羞耻。这种情况大概持续了两年，直到有一天，隔壁村子里的蒋家夫妻没能及时卸下锄头，被卡车拖住，绞在了轮下。

针对坡井的偷窃事件时常发生，不仅是煤块。2000 年 7 月，因为一起偷电事件，两个人触电身亡。

这件事发生的时候，我刚接到大学的录取通知书，正收拾去北京的行装。

·5

我是村里第二个本科生。通知书下发之后，我又去坡井那家裁缝店做了新的衣服。

在踏入一个新的征程前，总要对过去做一番总结。那个暑假，我在收拾以前的课本时，发现了一篇我小学时候写的作文，自然又与坡井有关。

那是一篇“游记”。班主任花费了大半节课，举了坡井新开的“达意商场”作例子，绘声绘色描述这家商场的琳琅满目，唾沫星子都吐在我脸上。

后来，全班几乎都写了这家商场的游记，像是互相抄袭，或者干脆说写的是班主任的讲课笔记。每个人的作文都充斥着“琳琅满目”“应接不暇”“流连忘返”等成语，终于凑成了三百字。作文里的营业员都是一张“笑吟吟”的脸，虽然我从来没见她们笑过。

唯一问心无愧的是，我和几个同学确确实实逛了那家商场，但我们的目的只是为了验证班主任的说法是正确的——或者说，他是不能错的。

只有一个胖胖的同学写的是他和妹妹去“参观”了蓝蓝的天、白白的云。班主任给他了打满分。我们一点都不妒忌他，因为他是“傻了的”，每次考试即便他交白卷，班主任也会给他满分。

也是在小学毕业那年，一个坡井的女生突然转学到我们班。她打扮很时髦，也很漂亮。老师把她“许配”给了班上第一名的男生，让他俩坐在一起——只有第一名才有这个待遇。

我妒忌他，因为我是第二名。

我突然想起了在荷花塘的那个女人的屁股。原来，吸引女孩的，除了骑摩托车，还有好成绩。

后来很多年，我都没联系过第一名——当然，是因为我们各自散了，有了新的伙伴。

现在想起来，那时真是对坡井的一种集体崇拜。黑色的矿石山显然比金黄色的油菜花更令人神往。即便坡井人在路上三五成群一脸煤灰地走过，也会让人觉得他们洋溢的都是幸福。那种自豪感是有明证的：我所在的村庄至少有八个姑娘先后嫁给了坡井人。

它传递出的荣誉信号如此之强，以至于你只是穿梭其间，做出和坡井很熟的样子来，但事实上什么也不用干，别人也会敬畏你。

我想，小奇就是这样的人。他实际上是个无业游民，到现在也是。

·6

上大学后，我就几乎没再去过坡井。但是，我经常会想起它。

我经常到隔壁学校的食堂去排队吃煎包。在我眼中，煎包的行业标准是坡井制定的。

大约距离我最后一次在坡井理发的十年后，我窝在宿舍百无聊赖地看港剧。在《上海滩》里，丁力用一把刮脸刀杀死了老金。我突然意识到，这把杀人的刀是老徐告诉我“连铅笔都削不动”的刮脸刀。

在上海的那段时间，我几乎每天都要乘轮渡过江。有一次等待过江轮渡时，我瞥见了渡口旁边的小卖铺里卖的“大前门”，和我在坡井人的窗户下捡到的烟标一模一样。我终于有机会尝到这种烟了。

拥挤在渡口前的人非常多。我问老板:“‘大前门’多少钱一包？”

“两块五。”

我突然十分尴尬，我原来曾经向往的“大前门”，竟然是这么贱！

我扔给他五块钱，将两包“大前门”赶紧揣在口袋里。

在轮渡上，我点燃了一支烟，拼命地想，该怎么对烟友们解释我为什么抽两块五一包的“大前门”。

船头激起的水花溅到船舷上，迸在我脸上。

“大前门”洋溢着一股煤灰味。

·7

我不记得坡井的生，也不记得坡井的死。我刚打听到坡井关闭的准确日期是2001年2月1日。

我翻看了一下日历，那天是正月初九。就在它关闭前三天，正月初六，我参加了高中同学的聚会。这是我们中学的一个传统：大家都会在考上大学的第一个春节回到母校。

那次聚会我记得第一次喝了一点白酒。微醺中，我笃定去北京读书是正确的选择，因为当我已经知道什么是“托福”“GRE”时，老家读大学的同学其实还停留在“高中四年级”。

也如此，我对坡井在那年春节死掉并不关心，也不觉得惋惜。后来我听说，几乎一夜之间，所有的工人都搬迁到另外一个矿井，坡井瞬间被暴力般破坏掉。

所谓“人必毁灭他之所爱”，大约就是这个场面：所有工人楼房里的窗户几乎都被打烂，凡是带不走的，都要踩上几脚，似乎很担心后来人占便宜。

那些工人也许会在新的地方重新制造一个先进、繁华、现代的坡井，为那里的孩子建起另外一个城市梦想。

没错，坡井的确曾经是我向往的“城市”。现在，它几乎成了一座“死城”：到处都是断井残垣，荒草丛生，蔓藤攀爬到曾经一度激励我朝“买着吃”奋斗的灯火通明的大楼上，连贴了马赛克瓷砖的办公大楼也没能幸免。剥落的墙壁和风吹日晒后变色腐烂的石棉瓦，显示出时间流逝的痕迹。

那家裁缝店早关了门，只有墙上“服装、缝纫、高压、定型”八个字还清晰可见。“华联商店”连屋顶都没了，不知道是被雨水打穿，还是被人揭了去。

只有那座水塔还在。那座水塔是我 15 岁之前见过的最高的建筑，现在也是我家方圆一公里内最高的建筑，大概有 30 米高。现在它成了坡井唯一还在工作的设备，给坡井的留守人员和外来的“入侵者”供水，就像坡井还在一样。

对我来说，水塔照亮了我每次回家的路。直到现在，我每次回乡时，都会在行车一个小时后，开始从车窗往外眺望。只要看见水塔，我就会告诉司机“停车”。

庆幸的是，坡井恰好在我考上大学之后死掉。除了那座水塔，我已经不需要它了。在大都市巍峨的高山面前，坡井不过是个土坡。它那么丑陋，那么脏。

那座“最高最高”的水塔，其实还不如我大学校园里的图书馆高；我常去的正大广场比“达意商场”要大上百倍；我去过的最高的大厦比坡井的楼房要高一百层。

小奇或许还在骑摩托车，甚至走不出那个村子方圆 20 里，而我乘飞机的旅程已经足够绕地球一圈了。

但当我重新检视记忆，却依然发现，我自以为已经对其“漠不关心”的坡井，和 20 年前那个夏天，那只被深色短裙包裹的屁股一起，终究彼此纠缠着留在了我的脑海。

我在超生村的日子

顾随
◇ 90后硕士研究生，致力于记述“超生游击队”的故事。

·1

计生委的人砸我家房子的时候，我已经在姑婆家住了一个学期。

一个早晨，爸爸打来电话：“你想不想来广州？”接着，他又叫我回村看看房子。这时我才知道，家里房子可能已经没了。

那天下午，我一个人走在回村的土路上，眼泪鼻涕糊了脸。还没走到村口，我远远地就看见，家里的窗叶子已经掉在地上了。

我不知道自己是怎么走到房子跟前，怎么进去的。

门已经没有了，墙角露出了一个大洞。屋里积了很多灰，有股霉味，砖块在窗户边散开，炉灶上砸出了几个坑。床还在，衣柜、碗橱、桌子都在，电视机不见了。贴在衣柜上的照片掉在地上，蒙着厚厚的灰。

我蹲下去一张张捡起来，把灰擦在裤子上，擦干净的照片就用肚皮和大腿夹紧。捡着捡着，照片底下露出一张请柬，红色的，上面写着：“XXX、XXX夫妇，请于一九九九年腊月二十……”

我认得这张请柬，上面写的是我爸妈的名字。我看着这两个名字，放声大哭。

几天以后我被人带到了广州，那是2000年的暑假，我7岁，第一次坐火车。

我在广州见到了爸爸和腹部奇大的妈妈，是否有久别重逢的感觉我已经记不清了，但有种陌生感一直持续到了现在。

我们住在广州白云区神山镇郭塘村，这个破落的小村子就在郭塘铁路站旁边。铁轨与出租屋之间，最近的只隔了七八米。村里的房子属于当年修建铁路的工人，他们后来都搬迁走了，屋子留下来，租给同样在铁路公司打工的人。房租一个月50块钱，不包括水电费。

火车没日没夜地叫，夜里我常常被尖利的声音惊醒，醒来看见墙在抖，房梁上老鼠乱窜。

村里住的，绝大多数都是从外地来广州打工的人，但他们主要是为了来生孩子。我在这里有不少玩伴，他们大多跟我差不多大，以女孩居多。我们常在铁轨旁的高台上玩一种游戏。

每当听到不远处传来火车汽笛声，就开始从10倒数到1，如果数到1的时候火车恰好出现了，我们就会在呼啸而过的火车旁兴奋地跳，拍手欢呼，尖叫声会在风中变形、扭曲。有时我们还会打赌将要出现的火车是客车还是货车，是会停下来，还是会继续开下去。

在“猜火车”的游戏中，我逐渐积累了很多经验。

比如，我能通过汽笛声分辨客车和货车，鸣声低沉的往往是货车；还能通过感受铁轨震动的频率，判断火车会是从我们眼前飞驰而过，还是会停留。

·2

这游戏玩了一个月，八月中旬的一天傍晚，我的双胞胎妹妹们出生了。

那天黄昏，我被关在出租屋外面。涂着绿漆的矮门关得严严实实，暗黄的灯光透过玻璃晕出来，我看到妈妈的头在窗户的那边左右摇晃，散乱的头发蓬着，疼痛的哭喊声混在火车声里，起起伏伏。

等了一会儿，我觉得有点无聊，就蹲下来玩沙子，玩了一会儿又站起来抠墙壁。不知过了多久，我听到一阵婴儿的哭声，抬头一看，天已经黑了。我踮起脚朝铁轨望去，一列货车停在第三条轨道上，黑黢黢一长条，分不清首尾。过了一会儿，我又听到另一阵哭声。

开门的是接生婆，她喊我进去。我一进门就闻到了一股像铁锈、血和潮湿青苔搅烂了混在一起的奇怪气味。房间里仅有的一盏瓦斯灯被拉了下来，用钉子固定在床头，一列火车经过，灯泡晃到窗户上，和玻璃轻轻地碰了一下。

爸爸怀里抱着一个东西，妈妈臂弯里圈着一个东西。爸爸对我说："过来看一下大宝小宝吧。"

那一瞬间，我站在接生婆身旁，不知该走向爸爸，还是妈妈。爸爸竟然在这么短时间内，给她们起好了名字。

接生婆要走了，爸爸给了她一个红包，她一边说"公司咿呀，公司咿呀（恭喜呀）"，一边递给爸爸一个小本子，红色的，外壳是一种很亮的塑胶。

这个本子封面上写着"准生证"三个字，里面除了两个妹妹的名字，还写着我的名字和生日。后来我才知道，这个本子对我们这种家庭来说有多重要，对我们整个村子有多重要。

因为两个妹妹的出生，我们短期内返回家乡已经不可能了。2000 年，我被送到广州铁路第八小学上学，读二年级。学校离我们的出租屋很远，在铁路的另一头。

每天早上，我要蹦过铁轨与村子间的那条一米多深的水泥沟，踩着道渣爬上铁轨，沿着铁轨往前走，经过郭塘火车站，走上铁轨旁的土路。土路的右边有一大片水塘，再往前走可以看到铁路公司的临时场棚，门口贴着对联——“高高兴兴上班来，平平安安回家去”。还有一座高架桥，桥底下长着一大片野生薏米。

走在上学路上，火车就从我的左侧呼啸而过，夹杂着仓促的汽笛声。也可能是那段时间走的铁轨太多，后来，我的梦境里常常会出现从天上爬下来的、交错杂乱的铁轨。

我梦到自己在铁轨上走，手脚上戴着铁链，怀里抱着自己的头，醒来就惊起一身汗。有时还会在梦里坐上一列火车，开往的方向却和要去的方向相反……

火车、铁轨，就这样在我的潜意识里，扎下了根。

·3

二年级快结束时，父母开始考虑为我转学——铁路上撞死了人。

第一个发现尸体的人，正是从郭塘货运站下班回家的爸爸。撞死人的地方，就在我们常玩游戏的高台斜前方。铁轨在这里有一个拐角。

爸爸至今也没给我描述他当时看到的场景，我对这件事情的了解，只限于那天下午站在高台上的见闻。

那天傍晚，我好奇跑到高台上看尸体，尸体已经被抬到两条铁轨间的道渣上，用芭蕉叶盖了起来。两个穿着公安制服的人站在尸体旁，爸爸在他们中间。火车依旧从我眼前穿过，底部的空隙中露出盖着芭蕉叶的尸体，和三双站立的脚。

芭蕉叶下伸出来一只手，戴着一个金手镯，手指上还套着一个金戒指。我想："这是一个本地人。"因为只有本地人才会这么有钱。

当时，我身边站了不少大人。

"这个人的家人会来认领她吗？"

"可能是自杀，如果是卧轨自杀的话，家人要被罚款。"

"谁知道是哪里的人呢。她手上那些金首饰估计值不少钱，领了回去也不亏，脖子上多半还有一条金链子，讲派头。"

最后那句话的意味，我可能一辈子也忘不了——如此狡猾的贪婪，带着冷漠。后来，我在许多场合都感受过这种意味，每次都会想起芭蕉叶下的尸体，和尸体上的金首饰。

这件事过去之后，爸爸再也没让我一个人走路上学了。过铁轨的时候，爸爸一只手把自行车扛在肩上，另一只手拉着我。等走上土路，他再把自行车放下来，载着我一路骑到学校。下午放学，他再骑着自行车来接我。

到了三年级上学期，爸爸为我换了一所私立学校。选择它，是因为这所学校有校车接送服务，每个月车费60块钱，比房租还贵10块。

每天，妈妈都会站在高台上目送我穿过铁轨，我只要不慌不忙地径直穿过四五条铁轨，走上神山大道，站在路边等着校车来，就可以保证安全了。

校车的出现，使得我跟铁轨、火车的距离一下子疏远了。过去与我一起玩“猜火车”的伙伴们，每到假期结束，就被通过各种途径送回了老家。只有极少数的时候，我会独自站在高台上看来往的火车。

·4

郭塘火车站是一个四等站，距广州火车站只有 21 公里。这里基本不办理旅客乘降业务，但列车经常会在这里停靠，有时候一停就是一两个小时。

爸爸从中发现了商机，他开始批发一些饮料、泡面和甘蔗，在列车停靠的间隙兜售。村里的人也迅速跟风，做起这种小买卖。那时候，客车的窗户可以打开，宽度可以通过一个 20 寸左右的行李箱，我们通过这儿与乘客交易。

大约是在 2002 年，那个暑假停靠在郭塘站的车特别多。我们每天要砍十几桶甘蔗，不分日夜提到铁路上卖。一根 50 厘米长的甘蔗卖 2 块钱，一瓶矿泉水卖 3 块钱，一个塑料桶里能装 20 根甘蔗和 10 瓶水，全部卖掉的毛利是 70 块钱。那段时间，村民们的收入都很可观。

然而，这种生意却极其脆弱。不久之后的一件事，击垮了整个村子的外地人。

那天很热，即使夜幕降临，穿着凉鞋仍能感到高台上的热气一阵阵传到脚心。我像往常一样，站在高台上，在火车开来之前为村里的人预测列车的类别和是否会停靠。

远远听到了一阵嘹亮的鸣笛声，一束很亮的黄光射过来，脚下的高台也产生了轻微的晃动。随着亮光逼近，车轮与铁轨摩擦发出的刺耳声也越来越清晰。

我高兴地跳下高台，朝村里跑去，边跑边喊："停了停了，是客车，是客车！"

立刻就有人提着装满甘蔗和矿泉水的桶从屋里冲出来，往铁轨的方向跑。我爸爸也提着两个桶出来了，一大一小，小桶是给我的。妈妈跟在他身后，一只手托着六个月大的肚子，另一只手拎着一个小桶，里面装着矿泉水。

妈妈已经不敢上铁路了，她像村里其他的孕妇一样，站在高台上观望，负责从出租屋里运送补给品。

我们一群人提着桶，站在铁轨旁，等着列车的到来，像是等待一场馈赠。

列车果然停下了，车上的乘客纷纷往外看，我把甘蔗举得老高，对他们说："买一根吧，广州甘蔗，又甜又解渴。"

我很会利用自己的稚气，嘴也很甜，见谁都喊哥哥姐姐，从我这里买东西的人很多。也有些人不买东西，光和我聊天，我也愿意跟他们聊上几句。

就在我卖了几根甘蔗之后，从郭塘铁路站方向突然涌出一群穿铁路制服的人，他们吹着铁哨朝我们跑来。村里人见状，纷纷掉头往高台的方向跑，我也慌乱地跑起来，听到爸爸喊我名字："桶扔了，快跑！”

我立刻把桶扔在地下，桶碎了，甘蔗和矿泉水滚到道渣上。我边跑边往高台上看，妈妈在高台上朝我大声喊，她挥舞手臂的样子看上去很凶。

就在快要跑到高台和铁轨间的那条深沟时，我看到两辆警车从小路开进了村子，那一瞬间，我以为自己要掉进那个深沟，就这样摔死了。

从那以后，我再也没有在人群中见过这种惊恐。

铁轨上的男人提着桶往村里跑，孕妇们在高台上捂着肚子，眼看着家人在铁轨间逃窜，而她们的身后是本地的警察——他们是来抓没有准生证的孕妇和没有暂住证的人——就是妈妈，爸爸，还有我这样的人。

最后，铁路站的制服们只抓住了一个没有及时扔掉桶的女人——她被抓了现行，连抵赖也办不到，而警车上的制服们却把怀孕的女人全带走了，包括我妈妈。

妈妈被抓走的那天晚上，爸爸把我和两个妹妹送到了江高镇的一个亲戚家。两天后，爸爸把我们接回来，妈妈已经在出租屋里了。

这中间发生了什么，我不知道，只是此后很长一段时间内，整个村子都陷入一片死寂。怀孕的女人们不再轻易出来，也不见男人们聚在一起喝酒聊天了，只有孩子们在巷子里乱窜，睁着警惕的眼睛。

四个月后，我弟弟出生了，仍然生在我们 50 块钱一个月的出租屋里。我松了口气，我的父母终于要停止这场生产“实验”了。

·5

我在此前的叙述中隐瞒了一件紧要的事，读到这里你们会知道我的家里有四个孩子，我、一对双胞胎妹妹、还有一个作为生产终结者的弟弟。你们会自然地知晓，我庞大的家庭是“超生游击队”中的一份子，而我不得不向你们坦陈，我故意略去了我的第三个妹妹。

我略去她，我的家庭在她出生一个月后就无数次地略去她，可她仍旧浮现在我的生活中，像我此刻的坦白一样赤裸地揪住我，让我从不堪忍受中落荒而逃。

她的第一个名字叫小雷。小雷在2002年正月二十三出生，恰好比弟弟大整整一年。这个妹妹，我抱过几次，也就仅仅抱了几次。

当我抱着她坐在我的膝盖上时，我会用口水吹泡泡逗她，她漆黑的眼珠子盯着我，学着我的样子，从嘴里吐出一个小小的气泡。这些年来，我无数次回想起这个细节，只要我想到她，这个场景就会在我脑中重现。在那个时候，我并没有意识到一个气泡会成为我怀念她的信物，我只是高兴地对每一个大人欢呼：“小雷妹崽好聪明，她会学我吹泡泡！你看你看，我逗一个给你看……”

大人们似乎不能体会我的欢喜，我得到的回应出乎意料的冷静。他们抽动嘴角朝我简洁一笑，连惯常的附和也没有。当我从对这个妹妹难以抑制的喜爱中回转身来审视周围时，我才发现周遭已经发生了一些细微但猛然的变化，从那个时候起，我看每一个人，都必须穿过一层迷雾了。

家里每隔几天就会出现不同的陌生人，村里的人也不常来我家坐了。有一天，我在村口看见一辆白色小汽车，停靠在夹竹桃盛开的小径旁，我下意识地快跑回家，客厅里围坐了一圈人，与爸爸交好的东伯、利伯都来了，他们抽着烟，时不时点点头，想说点什么又说不出口的样子。

妈妈抱着小雷坐在一边，爸爸与一个腆着大肚子的男人说着话，我永远记得那个男人的大肚子，自从妈妈生下双胞胎之后我就再也没有见过这么大的人类的肚子了。在那个懵懂的傍晚，我竟暗暗为这个肚子并非意味生殖而悄悄舒了一口气。

"实在是养不起了，没有办法……你们要好好对她……我什么都不要……你们一定要好好对她……"爸爸的话断断续续。

小汽车开走了，我的小雷妹妹也走了，从此她就不叫小雷，她有了一个崭新的名字。

小雷走的那天，我第一次看见爸爸的眼泪。他用一只手的拇指和食指摁着自己的眼皮，摁不住的眼泪流到脸上，就用手掌从下往上来回搓脸，他无声地低垂着，像一个在风中干瘪摇晃的茄子。

我哭着问爸爸，为什么要把妹妹送给别人，爸爸说："没有办法的事，你们不要恨我。"

妈妈哭倒在床上，嘶哑的喉咙说不出一个完整句子。

我们都学会了无声哭泣。

这么多年，我毫无期盼地等着小雷。我在等一个气泡再次吹圆，重新裹住一口从身体里吐出来的气息，轻轻结在嘴唇上。可是，小雷不会回来，她不会回来。

在漫长的等待中，我渐渐明白，或许我等的不是她，我在等岁月过去。

· 6

我恨不起来爸爸，我无法记恨我不能决定的事，我无法记恨超出我理解范围的事。

而有些东西，恰恰被我深深理解了。

在超生村的那段日子，火车送来了许多流浪人。老的、少的、男的、女的，他们不知沿着铁轨走了多久，饱过几次，走着走着，就走到了我们的村子。

那天，我像往常一样，把两个凳子拼在一起当桌子，蹲坐在家门口写作业。正写得不耐烦，一抬头，一双亮堂堂的眼睛盯着我，我吓得不轻。

见我受惊，她有点无措，连忙摆了摆手，怯怯地说："小妹妹，我来这里讨口水喝，好几天没口干净水喝了……"

还没听完她的话，我就朝屋里喊："妈，快来，有一个姐姐。"我从她的声音分辨出她是个女孩。

收作业，腾凳子，我叫她坐。我跑跳着去东伯、利伯等邻居家叫唤。以往有流浪人来村里，我也是这样，把在家里的大人都叫出来。

我一路小跑，喘着气回到家，妈妈已经将她请进屋里。她捧着一碗水，局促地坐着，见我回来朝我笑了笑，我也嘿嘿一笑。我的两个妹妹围在她腿边打转，我从妈妈手里接过弟弟，抱着他坐在女孩身旁。

我打量这个女孩，她个子小小的，不算很矮，看上去十八九岁，穿着一件邋遢得看不出颜色的长袖衣服，一张油污漆黑的脸，脚上穿着一双塑料凉鞋，牛仔裤因为太长，拖在地上，裤边踩得稀烂。身上露肉的地方没一处干净的。

聊了些什么我记不清了，只记得她普通话很标准，上过几年学，至于为什么会流浪到铁路上，我怎么也想不起来，我猜她可能没说。就像别人问我，你为什么会在广州上过学，我不说。

东伯、利伯家的女人都来了，带了些干净衣服，水果零嘴，一群人细细碎碎地又聊了些光景。

傍晚时，外出干事的男人们回来了，各家的饭也做好了，大家聚在我家，商量着让这个女孩去东伯家洗澡，在我家吃晚饭，睡一晚，明天一早送她去神山镇派出所，让派出所帮助她回家。

女孩一听到要送她回家，就有些焦急，连忙说："不了不了，我一身脏兮兮的，在这里洗澡会弄脏你们的地方，也不过夜，我喝口水就走。"

大人们一再说要她好歹吃点东西，先吃饭，吃了饭再说，可是女孩说什么都不愿意吃饭，甚至拔起腿就打算走。

我从来没见过这样的流浪人，在她之前，村里来过驼着背的拾荒老人，利伯留他在家里吃了一顿饭，他就没有再流浪了。他跟我们一样，在村里租了一间屋子，长住了下来，成了我们中的一份子。后来，我发现他还会写毛笔字，正楷，工整，偶尔买买六合彩，谜面解得头头是道。

还有一个小伙子，爸爸留他在家里吃了饭，洗了澡，睡了一觉，第二天骑着摩托车送他到神山镇派出所，临走前给了他 20 块钱。

可这个女孩，她拒绝了一切建议。见她如此坚决，大人们也不好挽留，每户人家凑了 10 块钱，叫她放在身上买点吃的，她还是什么都不肯要，竟还快步走开了。

见她走，大人们就把钱给我，喊我追上去。我攥着 30 块钱赶忙追了上去，边追边从口袋里掏出我自己剩下的五毛钱，我想把我的五毛钱也给她。

她见我追上来，停在路边愣住了，我跑上去，一把拽住她的手，把钱塞给她，可是她以更大的力气将钱往回推。我陷入了一场激烈的搏斗中。

“你把钱收下吧，你不收，我回去没法跟他们交待啊！”我急得喊了起来。

“不行，我不能要，这些钱你留着买书买笔，我不能要你们的钱！”她推我的力气非常大。

我们僵持了好久，猛地，她从我手中一把抽出了钱，转身跑远了几步。

她跑远后，把钱扔在地上，朝我喊：“你一定要好好学习啊！我走啦！”

往后十多年，再也没有一声教诲比她说的这一句更让我铭记。她把那 30 块钱，连同我给她的五毛钱，扔在地上，飞快地跑了。

我拖着一种极度失落的情绪，走到她站过的位置，捡起了那些钱，那些钱因为沾上我和她手里的汗，变得湿软，还带着我们两个人的体温，我把那些钱紧握在手心，在那一刻，我感到很悲伤。

这件事情给我留下了难以磨灭的印象，我无法忘记这个流浪的女孩，无法忘记那天傍晚我欲哭的冲动。我感到两种仁慈包裹了我，一种来自大人们，我们自身的处境使得我们更能理解那些在外流浪的人；另一种来自那女孩，她如此坚决地不愿意拖累我们哪怕一星半点。

我深刻地理解了这两种仁慈，它们在我的生命中短暂闪光，我见过一次就不能背弃它所指的方向。

·7

弟弟出生的那一年，男人们打工的郭塘货场被私人收购了，成了有限公司，辞退了所有外地人，不少本地人也丢掉了工作，超生村里的人已经不能再靠铁路、火车吃饭了。

男人们开始另谋生路，东伯凌晨三点去神山市场杀猪，杀完猪就骑着摩托车在马路上搭客；利伯去了江高镇的一个货场，还干着搬运工的老本行。我的爸爸也开始找新工作。

那是我们最艰难的一段时光。我的家庭没有任何积蓄，最难捱的时候家里只剩 20 块钱，我上的私立学校一个学期光学费就要两千多，家里已经付不起这笔钱了。在那个学期，我的父母一直在盘算着为我转学。

好在爸爸及时找到了一份新工作——给郭塘本地的一个李老板做自动鱼饲排料机。爸爸勤快本分，干了几个月就得到了老板的信任。李老板在当地是一个有威望的人，他知道了我转学困难的问题，就带着我爸爸找到了郭塘小学的校长。

第二天我就去学校考了试，成绩达到了入学要求。在李老板的疏通下，除学费外，没有多交一分钱，我就享受了跟本地学生一样的待遇。

因为爸爸的工作和我上学的缘故，我们和本地人打交道的机会渐渐多了起来。在刚去广州的前两年里，我和超生村的小孩子一同走在街上，本地的小孩常无缘无故地骂我们“死人头”“咸家产”等等，有些男孩子还会远远地朝我们扔石头。超生村里的小孩见了本地孩子只有快速躲开，而大人们去菜市场买菜，也或多或少会被异样的目光打量。

超生村是一个真空装置，将我们与本地人完全隔绝。

一来到学校，我就发现，粤语横亘在我和同学们之间，我在语言的河岸孤立无援。三个星期之后，我丢弃了普通话，投入粤语咿呀咿呀的径流中。

奇妙的是，那个在我买酱油的途中骂我“死人头”的女孩，后来竟成了我最好的朋友。放学，我们在通往超生村的分岔路口挥别；上学，我们在那里等待彼此。那个路口有一棵被砍倒的老树，露出很大一个树墩子，我们约定，如果等的时间太长而对方还没有来，就在上面放一块石头，迟来的人看见了，就知道不必再等了。

爸爸除了做鱼饲排料机之外，还买了一辆破烂的三轮摩托自行车，开始在大街小巷中收废品。

刚开始，我们把收回来的废品堆放在家门口，分好类别就拖到大的废品回收站去卖。后来，收的废品渐渐多起来，爸爸就另租了一间出租屋用来堆放废品。

每个星期六星期天，我在家里照顾弟弟妹妹，爸爸和妈妈骑着三轮车，在神山镇的大街小巷转悠，一个铁喇叭别在车头，妈妈时不时对着喇叭，用生涩的粤语喊一句“收买烂铜烂铁咯”。

班里有些同学认识我的爸妈，常常学了我妈妈的样子，当着我的面，说给其他同学听，那个时候，我已经学会对嘲讽不动声色，转过身就和其他同学嬉闹去了。可实际上，我为此感到十分自卑。

我们有很多东西都是收废品的时候收来的，有些家用电器，爸爸收回来之后都会试着修一修，修好了就继续用。我很佩服爸爸，在这方面他无师自通，他想方设法地赚钱、省钱，他大半生都在嘲笑和冷眼中度过，但是他从来没有得过且过，他永远都在底下托着一家人，让我们往上看，往上走。

收卖废品让我们的生活好转起来。我跟着爸爸学习了不少整理废品的技巧，比如，给纸皮打捆的时候，用一个手指头摁住绳索交叉的地方，再打结，这样纸皮就不会散；把拧紧的塑料瓶盖打开一圈，用脚踩扁，把气体放出来，这样能节省空间；用小刀割开废弃电线的皮，把铜丝剥出来扎成团，黄澄澄的铜线能卖个好价钱。

爸爸最喜欢收购的就是铜，因为铜最赚钱，爸爸还开玩笑地说过：“铜线就是我们家的黄金。”

可有一次，铜线生意深深地打击了爸爸。

那天天黑时分，我像往常一样，听到三轮车的声音，就赶紧从屋里出来，准备好卸废品。爸爸还没停稳车，就高兴地对我说：“小兔子，今天爸爸收了个好东西！”

“我知道！肯定是铜线！”我一眼就看到车子后面放着一个大蛇皮袋，爸爸妈妈下了车，我们三个人一起抬那个袋子。

袋子一放到地上，爸爸就赶紧解开了结。结一解开，扎成小捆的金属线团子就滚了出来，黑黢黢的，不是铜，是铁。

在铁线团子滚出来的那一刻，我看到爸爸的脸色一如地上的锈铁，死灰死灰。

妈妈嚎啕起来：“六百块啊！我的老天啊！”

六百块是爸爸一个月工资的四分之三，而废铁，三毛钱一斤。妈妈哭叫起来，捶打着爸爸，一边打一边哀嚎，我站在旁边，心沉到了底。

东伯、利伯家的人听到哭声，就围了过来，听了两句就明白了事情的原委——爸妈在神山镇上收废品的时候被人骗了，收废品时看到的是一袋子铜线，可拉到家里就成了铁丝。

男人们商量了，三个人骑着摩托车去神山镇找那个骗子，把钱拿回来。

好一阵过去，他们回来了，人当然没有找到，说去找，也是勉力能做多少算多少。妈妈的情绪平稳了一点，爸爸的眼睛本来就有点凹陷，现在陷得更深了。

一家人一夜无话。第二天清早，爸爸妈妈又骑着三轮车去收废品了。

· 8

收废品让家里的积蓄渐渐多了起来，爸爸的工资也涨到了一千六百块一个月，成了李老板的得力助手。我和同学的感情越来越深，他们有时候会来超生村里玩，帮我做做家务。而我也会去他们家里看大电视，玩电脑。所有的事情都在变好。

2004 年 4 月，中国铁路完成了第五次大提速，带窗户的绿皮火车一年年减少，我的“经验”已远不能预测火车向前行驶的速度了。而超生村里的人，来了又走，走了又来，甚至还有人花一千块钱买下了一间出租屋的永久使用权。

2005 年，家乡传来村庄整体搬迁、分土地盖新房的消息。抓阄分土地的日子临近，爸妈带着弟弟妹妹们回家了，我被留在出租屋里。每天晚上，开着灯、听着火车的声音入睡，又在火车的叫声中惊醒。

三个月后，爸爸回来了。他到学校给我办理了退学手续，当天下午，我们就坐上火车回家了。

这是我这一生中第二次坐火车。从此，我再也没回过广州。

回到家乡，家里的新房已经盖好了第一层。老房子拆得干干净净，拆下来的砖头被用来盖新房。渐渐的，我又习惯了家乡的一切。

只是某些夜晚，当我从睡梦中惊醒，还是疑心自己躺在那个 50 元一个月的出租屋里，枕头下放着暂住证、准生证。

火车从不远处向我驶来，不知将会开到哪里去。

火车轨上的家

张莹
◇ 电台主持人，非典型间歇抽风的码字人，外向的孤独患者。

说到铁老大，很多人会想到封闭和独权，但那是我的童年净土。

·你看，有火车

从郑州老火车站开始，沿着京广路和陇海路展开，这是我生活的区域。路名的由来当然是京广线和陇海线这两条贯穿中国的铁路线，它们交汇的枢纽正是郑州。

初中课程里有一门叫三防课，教材是薄薄软软的一本书。大概就是如果有战争了敌人多数会丢个核弹或者生化武器过来，这样一炸全国交通运输就瘫痪，所以我们要学会看见蘑菇云跑不及后要怎么样趴在沟里，不同的生化武器怎么辨别，以及如何制作简易应对毒气的服装。现在想起来也只记得看了无数的爆炸片段和老师教课时严肃的脸，好像很快郑州就要被炸了那般。

长长的铁轨那一头，依然是看不到边的铁轨，它们并不复杂，时而直线时而交错，总有种特殊的美。

很小的时候跟父母搭过火车，不走进站大厅，而是一条好像后门似的小路，就从那儿直接走到要去的站台上。铁路职工都有个小证，父亲总是一手拿着袋子一手伸进夹克的内袋，掏出证用拇指和食指挑开30度，像特工对暗号似地扬一扬，检票员就点头放行，我总喜欢回望嘴里咬着票手里提着大包小包的人潮，心想做个铁路职工真好啊，坐硬座从来不用钱。

“L”字头的是临客，春运时加开的列车多数是这种，虽然没搭乘过，但却知道它们是农民工回家的希望；“K”是快速列车，小学搭它去过洛阳白马寺，中学组团去吃过开封夜市，赶不及就买张站票，嘻嘻哈哈一两个小时，基本既不会误点也不会塞车。列车嵌合在铁轨上“哐嘁哐嘁”，小姑娘笑得前仰后合，窗外倒后的风景不会让你有乘飞机般的不真实感，它像个陆地上穿行的小巨人，带你平静地遇见未知；“T”字头的空调特快，大概是母亲的伤心专列，随着家庭工作地点的转移，1614公里成了一年几次的迁徙，每次硬卧离开老家，她总是从郑州一直抹眼泪到漯河；而夜晚12点左右的武汉长江大桥，则是属于我的列车习惯，一看就是好多年；“G”的到来，去北京西安武汉长沙变成了自由任性的选择，说走就走的旅行，也总是从火车开始。

比起飞机这种交通工具，我还是更喜欢火车，这种闭合线条里的体验。看这个世界慢慢向后倾斜向前拥抱，就像人生一样，慢慢来，反而比较快。

·网状人生

沿着郑州火车站和北站周围辐射N公里，就是大名鼎鼎的铁路生活家属区。离开家乡很久之后，跟人说起“我们全家都是铁路上的”好像有点牛，但是在80年代，左邻右舍同学亲戚要是谁家不是全职工，就会少个资本抬不起头。

谁牛能牛得过铁路？自己的法院，自己的医院，自己的学校还有教育系统，身处其中的人不觉得这是独权，相反，这是属于我们的福利，祖辈父辈努力的成果。我们就是跟别人不一样，也不屑于被谁管。

打小我们就把系统外的人称为“市面”，市面的学校，市面的医院，而我们就好像封闭自持的内部档案，操作着自己的世界观。

正儿八经谈起恋爱来才发现世界就像一个漩涡，而我们只能随着关系网旋转。

那年干干净净的男孩很常见，可是英语好又不太贱的数来数去也只有PIG，PIG是我给他起的外号，词汇量匮乏得可怜，看见稍微肥点的也只能叫猪了。

家境很好，有保姆看护，手里的英语电子词典不是最新款，但看得出来使用过很久，是个用功好少年。关键是他总喜欢给我写信送饮料，尽管我们是隔壁班，还有着一墙之隔。

重点班和次重点，说白了就是把真材实料和送条子走关系鱼龙混杂的两群人匀称地放好，热热闹闹开心不要翻脸。

热辣辣的夏天，知了站在树上没完没了地“吱了”，PIG帮我改好了一份卷子。两个班学生盲改，我们俩仗着跟老师关系好总是能换到彼此的考卷，我会在卷子后给他写信，他认真地给我写错题的正确答案。时间是个骗子，丁大点的好感也被放大成美好的爱恋，就算是我，也以为自己就是偶像剧的女主角，心里默默编造起感人的桥段。

“我知道你们俩关系挺好的，但是这样会影响学习，他父母已经来学校找过老师了，你知道这个严重性吧。”班主任和蔼而坚定地对我说着比较委婉的话，我既委屈也不服，只敢写写信、一起并行一段路的喜欢，凭什么打压？“他家有人是教育局的干部，你可不能影响人家的学习，人家一下就把咱们家底都打听清楚了，老师都跟我说了，你动他干吗啊？”母亲诚实地跟我交谈，“我……”

他说，以后可能要避免见面，只能写写信了，还不能被保姆阿姨发现。我抬起头，对这个打小就跟保姆一起生活的半大男孩充满了同情，他每天送我的饮料很甜，是当时流行的橙汁。

铁路系统大人的封闭关系圈，从他们聊天起开始运转，房屋、家产、父母祖辈工作职位都一目了然。

小社会从来由不得你来选择出身。你存在，身上就贴着各种标签。祖辈是个小官，过年过节送礼不断，父母工作稳定，偶尔塞个条子帮我铺路，学艺术的我顺风顺水，可扎眼的小明星也抵不过门当户对的观念。

那一年，我认输了，主动分了手，在街道转角他送了顶过冬的帽子给我，居然是绿色的，还有一个被盒子包装好的戒指，我有些好笑地接过。PIG 热切地希望我表态，可我什么也没说，回家想了一晚上，还是把戒指还回去了。

人生怎么可能被一张网包裹，在光明到来之前我等待着跳起的瞬间，企图撕裂这个看家庭、算筹码的空间。

· 我的父亲母亲

父亲第一份工作是家里安排的，在水电段办公室。旁边是锅炉房，一年四季都热得窒息，养的热带鱼健康又肥壮。“别碰，小心烫手，去你妈单位玩儿吧，我今晚值班。”

父亲的单位和母亲的，不多不少距离五百米，走路会经过一个小小的臭水沟桥，远处的火车呼啸而过，桥洞下穿行的自行车铃声清脆。

后来父亲调动去了党校，认真且爱笑的他总是一本正经地对我说什么党员要冲在最前头。年幼的我对这栋水泥大楼留下的印象仅仅是趴在压着玻璃板的桌子上写着千篇一律的暑假作业，和央求父亲让我玩一会儿电脑扫雷，“十分钟，小孩子对电脑眼睛会坏掉的，你知不知道？”从一楼的窗户望出去，是单位后面那些黑压压的平房，别人的窗户冒着小小的炊烟，那户人家的孩子不知道好不好玩。

母亲第一份工作是在信号段，就是管理铁轨上的分叉轨信号灯。母亲每天清晨就要骑自行车去北站，再出发去火车沿线。具体干点什么不知道，翻照片的时候看小姑娘总在剪电线圈，笑起来一排大白牙。那会儿的铁路子弟青年还沿用着接班制，父辈退休后有一个子女可以选择接班继续在原单位干活，就是世袭铁饭碗。

因为要照顾年幼的我，母亲的第二份工作是在花园，全名铁路局直属林管所。“妈，你每天都干点什么啊？”“骑自行车到我管的片区遛弯，看看我管的树长得好不好，哪个工地又违章砍了哪棵树，谁砍了我的树，我可让他吃不了兜着走。”“妈，你真酷。”

花园是我的童年乐土，春天骑单车穿过桃花林结果得了个花粉过敏，夏天摘西瓜追蜻蜓被狼狗咬了大腿，秋天摘皂荚吃小桃子还有一眼望不到边的构树果砸在地面，糜烂的红色入口的甜，冬天除了下雪探险，最喜欢就是跟一般大的小伙伴去树林拿几块砖搭个架子，找些不知名野果包上泥巴扔进去用火烤，还没等烤熟，他们就被家人叫回去吃饭，我蹲在火边安静地装作自己是个野外生存选手，果子太硬咬不动也吃不下去，呵呵地傻笑直到被叔叔阿姨们发现："玩什么火？都是树特别危险知道吗？"

看的第一本书是《十万个为什么：地理自然篇》，因为我有这样的童年花园，母亲像个自然老师，告诉我"这是银杏，别想了你没那么容易吃到它的果子，这是鸡冠花，这芭蕉树，这是月季的嫁接方法，那是全市唯一一棵有几十年树龄的树，留着卖钱，去南花房跟李阿姨说借点肥料，去北花园找王叔叔拿把铲子"，从那时候开始，我真的特别爱大自然。

存在的每一天都在探险，玩累了爬上树找个舒服的树枝躺下，捉迷藏躲在小水塔里数落叶熬时间，调皮抓着大橡皮树荡秋千，咔嚓一声直接拉断了一整枝，母亲帮我掩饰过去："你看别人家女孩子都静静地待着写作业，你能别总像个男孩子一样疯玩吗？每天一身伤！""好的妈妈。"

没有需要供大单花草给机关单位的时间里，我和阿姨们围成一堆打毛衣，她们总是很闲，我也慢慢学会了打裤腰带。

自给自足的生活，内部消化的模式，给我留下了一片净土，不可复制的童年。

·15 分钟生活圈

每次别人问我为什么读这个大学，我都会说因为幼儿园小学初中高中都在一个骑车 10 分钟就能到的正方形区域里。当初母亲让读郑大，我玩儿了命地拒绝，因为从高中学校门口只需要五分钟就能骑到那儿，我害怕一辈子读书的地方都在一起，有点闷，好像井底之蛙看不到头。

出门往左 500 米就是我的小学，骑车 5 分钟是幼儿园，幼儿园往左一公里就是初高中，整个走一圈大概 15 分钟，而我的同学们也都住在这直径 2 公里的生活圈内。上世纪 80 年代的自行车大军，走出家门一脚跨上 24 自行车，加入其中一股细流，车流从四面八方汇集又在下一个路口盘旋，这就是千军万马的年代特写。

门口的煎饼果子小摊，老板娘熟起来，总是让我从家里自己带鸡蛋，我喜欢正反面一边一个，不要辣椒不要葱夹着麻叶儿一裹，脆香。

小学走回家要经过起码 10 个小卖铺，母亲总是喜欢站在路口交叉着双手脸色铁青地迎接我，卖画片儿卖金银卡卖零食卖文具，每一家我都停下左看右看，短短的 500 米，总要花上半小时才能到家。冬天小贩邪恶地卖着铁桶装着的雪糕，大病初愈的我买草莓球被母亲逮了个正着，叨叨了 20 年。

中学装酷喜欢骑快车，单手扶把左穿右插，长直发飘在左右脸，男生在后面追着吹着口哨，却从不让别人追上我，从出门到在学校后操场放好车，12 分钟，骑单车骑出了车手的成就感。爱睡懒觉的我总是 7 点才起床，不慌不忙吃早餐，每天踏着早自习铃声进门是一种特别无耻却酷爱的体验。

有一回跟胖胖的外教推车走回家，平时 12 分钟的单车路程走了半小时，第一次慢慢看那条不长却习惯的路，他问：“Do you want to go to Australia? ”我们正被夏天正午的太阳晒出树叶斑驳的脸。

那时候的我也听澳洲组合Savage Garden(野人花园)，认识外教的那年他们刚解散。我给外教听那时候没人喜欢的大粗嗓子孙燕姿，外教从他那汉堡包 CD 包里拿出古典乐，他说父母在北京做外教，他澳洲的老家有个农场和大花园，没过多久他也去了北京，我依然留在我的 15 分钟生活圈。

不知道从什么时候开始无比厌恶和恐惧在一个固定区域生老病死，明明我也是享受封闭长大的孩子。

·你变了月亮的脸

铁路改革，端掉了铁老大的帽子也分解了郑州局，人们群起而攻之，诉说着铁路的霸权。对于祖辈父辈和我们来说，改革改掉了郑州局的管辖范围和单位的铁饭碗，带来的更多是对未来的茫然。

命运跟这辈人开了个真实的玩笑，那一年，人心惶惶，从小习惯了封闭体制的人第一次感受到被推出去的彷徨。

大批的同学父母和亲戚面临着下岗的危险，被内退已经是很好的保险，每天吃饭时偷听大人们聊天，都谨慎地搜索字眼，生怕有一天也降临到自己头上，尽管我并不懂，可也知道这可能影响我的考试奖励以及每周的零用钱。

父亲没受什么影响，而母亲则转向了做市场自负盈亏，从此出门越来越早回家越来越晚，周末也要忙，工作电话也多了起来。

夜晚上厕所经过父母房，总看见母亲还拿着资料念着什么，一盏夜灯，满桌的纸。

“你妈在单位拿了那么多年三八红旗手，专业技能比拼总能力压年轻人拿第一，没想到现在也要顺应时代，没办法，要考证，只是年纪有点大了，背不下那么多。”40岁出头的母亲，从我认识她开始就没变过的苹果脸也显出了无奈。

还好母亲总是很勤奋，人缘好，转去做市场也有自己的一道门路，事业也算是风生水起，养尊处优的谈笑风生变成了搬搬抬抬，手下的人总叫她老师，她也自得其乐，指挥着下一单花草配送。

谁都不知道，那场变革给顺境了那么多年的母亲多大的心理冲击，从铁饭碗到自力更生，“时代的浪潮不顺应就会被淘汰”，她总是这样说。

而曾经的朋友有些因为郑州局的分解举家搬迁到了武汉局，从此再也没有见过面。

后来父亲母亲每次坐火车走过河南境内都会说起，以前这里归郑州管，现在居然也不是自己的地盘了，眼里带着心酸。

每一场改革都运筹帷幄，历史在朝前发展，而身在其中成为每一个微小组成元素的我们，积极面对也罢，消极怠工安享晚年也罢，都不能否认改变的到来，历史终将成为我们心里特殊的记忆点。

很多年过去了，每次回老家都近乡情怯，而时过境迁，很多东西都悄然在改变。

初恋后来出国留学，喜欢上我的好友，我还帮他们牵线。

煎饼果子阿姨的小摊还在，二十年如一日地记得我喜欢加两个鸡蛋。

小学初中高中早已加入“市面”，名字从郑铁xx，改成了郑州市xx，总觉得不够气派，说不上的讨厌，可能宣传栏还挂着我曾经演出的照片。

铁路医疗系统还在保障着自己职工的生老病死，偶尔有点小病我会去“市面”医院。

在花园一起玩耍的小伙伴已经是双胞胎儿子的爹，而花园，四分之三已经变成了楼盘，听说还剩下几栋办公楼和十几亩花田，我却再也不敢进去看。

偶尔坐高铁会经过这个铁轨边的院子，只看一眼，我就泪流满面，横跨整个童年的回忆就这样慢慢消失不见。

火车轨上的家，我永远的依恋。

我家仿佛赶上了“拆呢”的所有拆迁

冯永斌
◇成长于豫东城乡结合部，现居北京城乡结合部，尝试以写作在无聊之中钻探快乐。

·1

1996年秋天，父亲站在马路边上，抬头仰望刚刚落成的三层楼新家，对我说：“你爹妈辛苦了一辈子，一切都在这里了。”

这句话像一团压抑了很久的蒸汽从父亲的胸膛里喷涌而出，散入四周漂浮的水泥粉尘里。

当时，父亲38岁。

在这个将要抵达不惑之年的人生临近点，他刚刚从生活对他接连三次的重创中复元：一家人总算结束了拆迁带来的长达三年的压抑；从工地升降机上摔下的儿子刚刚出院；他自己才摆脱一场诡异病症的漫长折磨，消瘦的脸颊上终于有了一点福相。

父亲站在那个瞬间上，彻底忘记了屁股后头几万块的债务和母亲的下岗问题。他仿佛看到自己正在走向人生巅峰。

顺着马路向西南看过去，父亲的目光落在实验小学的楼房上，试图穿透它，看一看宽阔的水口路。

在那条街上，曾经有他的第一座房子。

1992年春天的一个晚上，他把儿子搁在邻居家中，在街上与几个过路人吵架，或许还动了手。因为有个人竟然在他即将完工的房子墙根撒了一泡尿。

这是无论如何不能容忍的，即使他本是一个从不动怒的老实人。

父亲教书，在教室里像个老师，走进田里像个农民，站在脚手架上便成了工人。

但那天晚上，为了维护一面属于自己的墙，他不惜成为一个不讲理的人。

我已不再记得那两间平房的具体模样，只知道它们的门脸面朝大街，装有需要手工拆装的门板，其中一间是爷爷照看的小卖部，另外一间曾是大姨家开的书店。我们住在门脸后面的小院子里，院子里有小卧室、厨房和一间土产公司分配的大瓦房。

那间瓦房年纪比我还大，高高的房梁，幽暗的窗户。瓦房的角落里曾有一张沙发床，床边挂着布帘间隔，那是我的卧室。

1992年之前，全家人住在瓦房里，家就是一间屋子。平房的落成，就像一个富足安定的城堡诞生。

回忆起那段日子，我总觉得很漫长，似乎整个童年时期都在那里度过。

与爷爷坐在柜台后面数过路的行人，在门口的路灯下捉蛐蛐，姨妈的书店从开始卖漫画到专业卖教学参考书，最后关张大吉。每逢过年我把麦芽炮塞进墙缝里爆破，我甚至记得那几块门板的赭红色油漆从鲜艳到剥落的过程——这似乎应该是一段漫长的时日。

这么多年来我从未质疑过这种感觉，我的童年就是在水口路和门面房度过的。

后来我在电话里向父亲问起关于那座房子的往事，才知道我记忆中的“每逢过年”只不过发生过两次，爷爷的小卖部也不过就只开了两年。

·2

1994 年春天，父亲爬上屋顶，亲手拆掉了自己盖的这座房子。

拆迁的事情是悄然发生的。

一天晚上，家门口忽然聚集了很多邻居，母亲被叫出去，所有人挤进隔壁费姥姥家里。我挤在大人中间，丝毫不明白他们在说什么，但我知道，大事件就潜藏在那突然的静默和紧促压抑的语调中。申诉，叹息，总结，怀疑，咒骂，事情就这么发生了。

我不记得父亲对这个消息的反应，但大概应该是一句混合着叹息的咒骂之后长长的沉默，或许还有一通怎么也抽不完的烟。8 岁的我，只能看见母亲和其他家的女人们走向县委大院，却无法感受到父亲那用力隐藏的情感。

整个拆迁事件中，除了摊在桌上的一份红头文件和“要想富，先修路”的标语，我从未见到穿着制服的人出现，更没有见到推土机的影子。

长街两侧百十个家庭的消失，像是电影里淡出的一帧画面。

但是，一条街上还是分成了两派，愿意拆的和不愿拆的。

父母顺从，希望快速解决拿到补偿，同意拆房和搬到临时安置点。父亲从老家找来大伯和堂哥，带着老家的亲戚动手拆房。这群人大多都是当时一起帮父亲盖房的人。

不愿拆的人家很少，其中有张姥姥家和郭姥姥家，任凭四周敲敲打打，两家人照常生火做饭。

拆房子比盖房子快得多。父亲站在屋顶，用榔头一块一块敲下房檐上的砖，丢给站在地上的堂哥，门窗的螺丝被起掉，连框一起卸下来，水泥板被升降机吊下来，工人们用钢管架着摞在地上，一切如同两年前场景的镜头倒放。

拆最后一面墙的时候，父亲站在一旁看着。

堂哥和工人用碗口粗的麻绳将墙围绕，犹如捆绑一个死刑犯。他们将麻绳扛在肩头，背向墙拉紧，墙的背后有人用四五根木棍顶着。堂哥喊起号子，所有人的脚步跟着号子蹬起节奏。墙体前后摇晃，像个失败的巨人一样栽倒下来，轰然塌进地面，滚滚烟尘吞没所有人。

父亲是否想到两年前那个豁出脸面与人争吵的夜晚？

一堆堆废墟在水口路两侧紧挨着堆起来，张姥姥和郭姥姥家的房子在其中孑然而立。没有自来水了，就在门口打井，没有电了，就自己往电线杆上搭线。

日子依然过着，除了没法再在饭后串门，似乎什么都没改变。那些原本在胡同深处的人家，突然临了马路，人站在门口张望，显得有点不适应。

和所有拆掉房子的人一样，父亲也没有料到，水口路的废墟竟然真的就成了废墟，红头文件上描绘的致富大道并没有从他房子的旧址上铺过去。

几个月过去，偌大的一片废墟，节节草从地缝里钻出来，喇叭花在断壁残垣上绽开。赔偿还杳无音信。

·3

我们被安置在土产公司市场仓房，每户按成年人人头分配仓房，一个人头一间。所谓仓房，就是一间四四方方的门面房。三十多平，对开的大门，一个生铁门栓，锁门要挂上大锁。市场本是做菜市场用的，顶上是塑料瓦大顶棚，从南到北两侧撑着几十根空心钢柱。

市场中间是一条过道，过道两侧是一个挨一个的水泥台子，原是卖菜用的。家家户户挨着敞在这么一座长棚里，没厨房没厕所，日子基本没法过。

父亲把水口路房子拆下的砖瓦、水泥板和门窗一车车拉过来，动手建造人生的第二座房子。

这次，父亲没有请帮手，没有找工人，和泥、砌砖、搭棚，全一个人来——或许我曾很懂事地帮父亲递上砖头和瓦刀?

他在属于我们的房间两侧砌起两道黄泥砖墙，一直和房子前面的水泥台接上，围成了院子；依着水泥台建起一座小屋，将水泥台砌进屋里，做厨房的灶台。院门门板也是之前房子里拆下的，一个临时的家有了模样。

这么一“临时”，便是将近三年的岁月。住在大棚底下没多久，父亲生了怪病，之前几十年他几乎从无大病。他坐在屋子里吃饭，看着外面的院墙和门，看着人们排队打水，却怎么也咽不下口中的食物，喝口粥也会噎在胸口。

那两年，日益消瘦的父亲隐匿在生活舞台之后，逐渐陷入一条沉默的河流。我回想起那段时光，便总有父亲站在门口干呕的形象，他打嗝，喝水，艰难地下咽，沉重地呼吸，眼望着虚空，不说话。

下岗的母亲来到幕前，成为房子故事的主角。她和大棚底下的姥姥、奶奶和阿姨们一起去写信，一起讨要说法与赔偿。母亲不识字，但懂道理，她的“理”很简单——你们让拆，我们就拆，但赔偿没拿到，生活怎么继续？之后，母亲说起那两年，连自己也搞不清楚最后究竟为什么拿到了补偿，但却很肯定一点：就是得跑，不断地跑。不跑断腿就要不到说法，这是大棚底下的生存之道。

在这场拉锯战里，父亲和大棚底下其他男人一样，几乎从未在前线出现。他每天很早起床，一天往返家和学校两趟，做三顿饭。闲余时间修补漏雨的屋顶，在院子角落种上木耳菜，重新筑起被雨水冲塌的院墙。那两年多的生活里，我默默在暗中模仿父亲，喜欢一个人走路一个人玩。

我始终记得有次被父亲痛打的经历。

那天，有人家办喜事，邀请父母出席，我却赖着不愿去。父亲耐心哄我，我依然执拗。他看着我，突然口中爆出半句脏话，抬起脚把我踢倒在地，又打了两巴掌。

我倒在地上，莫大的冤屈梗在胸口，哭也哭不出声。

时隔 20 年，我依然能在脑中重绘那次事件的细节，父亲对着门口，我歪坐在厨房和大门之间的墙角，从那个角度仰望，可以看到一个愤怒到颤抖的父亲，他搧过我的右手依然紧张地握着，口中咀嚼着半句未说完的脏话。

如今，我尝试将自己代入这样一个父亲的位置，感受他的颤抖——无知的儿子坐在一个奇形怪状的厨房门口，厨房里有个大水缸，缸里漂着绿色的塑料水瓢，水瓢上结着水垢。外面有人催促着一场无聊的酒席，我心里计算着该从一个月 300 块的收入里抽出多大面额的纸币做礼金。不能咽下任何食物，却要在丰盛的酒席里与人们笑脸相迎。

大棚底下的院子处处生出了时间的痕迹，再也没人说它是个临时之地。母亲在大棚底下摆起小摊卖冰棍，费姥姥的儿子在大棚底下办了婚礼，伍奶奶家的儿子在大棚底下考上了大学，刘姥姥家老头子在大棚底下办了丧事。跑赔偿变成了业余事务，没人再能负担得起为它牺牲的生活。

·4

1996 年春末，县里的文件又来了。按照文件的意思，又一波城市建设将到来，父母在上世纪 80 年代末低价买到的一片宅基地可能会被政府没收，唯一挽救的方法是立马动工在宅基地上建房子，房子必须按照县里统一规划，建成三层楼的门面房。

这个无厘头的文件像在父亲人生谷底挖出的一个迷宫，如果你走进迷宫，或许能撞上逃离谷底的通道；如果你放弃，将永远被抛弃在谷底。

我曾浪漫地想象，决定借钱盖楼是父亲一次勇敢的孤注一掷。母亲却说，那只是无奈的决定。东关的宅基地是全家人仅余的财产，一旦失掉，便可能一辈子住大棚底下。

父亲建造第三座房子的花费，大约是 12 万。以他当时的收入来算，要挣 30 多年才够。我不知道他当时是否算过这么一笔账，但就这么做了决定——这座三层楼的门面房一定要盖，而且一定要和路边其他的楼房一样风光。

这一次，父亲从老家请来做包工头的姑父，还有那些一起盖过房拆过房的亲戚。他每天上班，维持日常生计，母亲在家给工人做饭。

生活有从谷底升起的迹象。

在省城做医生的叔叔带着他做了一种手术，不能吃饭的毛病竟好了。水口路上的建设终于开工，迟到的拆迁赔偿金为新房解决了一些借款。看着宅基地从一个大坑慢慢变成钢筋水泥的地基，父亲似乎又摸到了自己人生的脉搏。之后的十几年来，每次父亲和人聊起，总是称它为“我那房子”，那种骄傲，在大棚底下的日子里从来没有过。

我却给父亲带去了厄运。

新房建到二楼，升降机绳索断裂，我和一车水泥从半空跌下来。父亲被大夫告知孩子没救了，他瞬间崩溃，瘫坐在马路边。

所幸的是，我没有丧命，昏迷两个日夜后睁开了眼。那天，我睁眼看到父亲，便张口喊饿。父亲小声问我：“小儿，想吃点啥？”

他的声音沙哑撕裂，像被划伤了声带。我无法想象他如何度过那两天两夜。他肯定焦急，骂脏话，很重很重地叹气，肯定痛骂我为什么非要爬上升降机，肯定后悔自己为什么非要盖这房子。

我住院的那三个月，新房的建造到了最窘迫的阶段。

父亲每天计算第二天的材料开支和我的药费，实在不够就临时找人凑。那种窘迫一秒赶着一秒逼近，不给父亲一点时间来谋划和准备，他无处可逃。

与较开朗的母亲相比，父亲虽勤恳能干，但不善交际，面对这种不得不低头、不得不交际的时刻，需要极大的勇气。他为这所房子付出的不仅是心力，还有尊严。

父亲总算扛了过来，新房落成，我不但有了新家，还拥有一间真正属于自己的房间。

我的房间在新房二楼的最西边，大约 15 平，朝南开着一扇窗户，可以看到我家院子西边的水坑。母亲在一间门面里重新开起小卖部，另外的门面全租给了别人做生意，家里有了额外的收入。

这一次，父亲拥有了整整 14 间房子，虽然已无钱再粉刷装修，却让他觉得找回了所有的尊严。

如今，我忽然明白父亲为何不惜借债也要把楼房盖起来。

这座毛坯房结束了大棚底下苦苦追求却毫无结果的日子，即使债务压身，但总会有还完的时候。父亲并不能让家人过得富裕，却有了一个可以看到尽头的目标。这种有因有果的生活，才是他勤恳老实的用武之地。

·5

父亲的这座新房子位于县城正东面，地属城关镇东关地区。房子临着一条省道，灵永公路，对面是康复医院、榨油厂和饼干厂，西边是县一中和实验小学，往东有外贸局和人民医院。房子建好时，旁边的楼房也多起来，按照城建局的规定，所有房子都长得差不多。

大家都说，这是个好地方，早晚会发展起来。

不早不晚，这块地方果然就发展起来了。之后的 8 年，整个县城的中心移到东北方向，我们家的所在地变成了县城中心，两条全城最宽的马路从房子的北侧和西侧交叉而过。伴随着两条马路的拓宽和开通，这八年县城经历着最大规模的拆迁运动。

父亲的房子又两次被卷入了这场运动。

1998 年，我们在新家还没住满两年，县里来了人，说要扩建省道，修全省最宽的县城大道，房子被划进了绿化带。房子可以不拆，但必须缴纳 8 万块，否则政府将没收房子公开拍卖。也就是说，父亲必须在规定的期限内掏钱买下自己的房子。

这个通知几乎瞬间击碎了父亲 4 年多来支撑自己的信念。傍晚时分，他在不开灯的房间里坐着，陷入很深的沉默，从牙缝里迸出一句脏话。

那段日子，我每天放学都迟迟不愿回家。青春期的敏感过分加强了我的想象，我感到有种滞浊阴湿的东西在房子的每个角落里快速生长，伸出触角，呼出气息，一阵阵悸动从头顶往下钻，让人想哭想嚎。

就是从那段时间开始，我患上了一个至今无法克服的强迫症，半夜总忍不住竖起耳朵寻找黑暗里的细微声响——椅子腿划过地面，拖鞋踢到门槛，隐约的叹息和对话，母亲挂掉电话，父亲又点上一支烟。

我无法摆脱那种心中始终有事的不安。我反复地猜测和臆造故事，一定有什么将要发生。有时忍不住，我便低头闯进客厅或父母的卧室，倒杯水或抽一段纸巾。父亲会问我为何还不睡觉，声音带着撕裂和沙哑。

叔叔和其他亲戚凑上了钱，房子保住了。

多年后我查看县志，关于那场没有拆迁的拆迁，只有一句记载："1998 年 6 月 23 日，县委发布修建睢州大道的通知，开启城市化建设的新一步。"

我无从查阅的是，怎样的人发出了荒诞的指令，决定了父亲和这个家庭的命运。父亲终究是个老实巴交的人，咬咬牙，再咬咬牙，只有用认命维护自己的房子。

· 6

2004 年，我已在外地读书。有天和老家的同学电话聊天，同学突然说，你家被拆了，我昨天路过，发现看不到了。

我赶紧挂掉电话打给母亲，母亲告诉我，房子是被拆了，但让我不用操心，只是拆掉了一半，"就剐掉一个角儿"。

两个月后我放暑假回家，下车便看见那半座房子。

那个被剐掉的角儿是西侧的两间房子，从上往下拆得一片狼藉，像块没掰整齐的饼干。我的房间被全部切掉，白色的内墙暴露在外面，墙上还贴着一张电影海报，李小龙呼啸着从墙里踢出来。房间门像补丁一样固定在墙上。一楼的内墙已被尘土染成灰黄色，墙上写着四个毛体大字：实事求是。那是在县城流浪的墙体诗人王耀军（这个河南杞县人自称是主席的弟子）留下的作品。

被拆掉的半边房子对面，已很难看出原本那条胡同的所在，一座座废墟连接成一条大路的雏形。南关防洪大堤被拦腰斩断，穿过缺口就走进了以前从未踏足过的地方，这些地方几十年来都是别人家的客厅、卧室和厨房，如今全然暴露。我好像一个闯入者，无礼地侵犯着目光所及的一切。

一个童年好友的家完全不见了，但我能确定我脚下就是当年他的房间，房间里曾丢了一地的故事书。后来他说，从南京回到县城那天，他站在废墟里给母亲打电话：“妈，我们家哪儿去了？”他说这句话时差点笑出来，之后却倍感凄凉。

这次的运动叫中心大街建设，我又去查了资料，直接记录这件事的新闻里说，中心大街位于睢县老城区中东部，南起南环路，北至北环路，全长 5300 米，红线宽度 98 米，一期修建工程随着 2004 年的新年钟声“拉开了大幕”。

“大幕”拉开后，大伯和堂哥又带着家伙来到我家，一起动手拆了半边房子。父亲按平方拿到了拆迁赔偿。

那年的父亲满头银发，额头和脸颊的皱纹已成沟壑。留下的两间门面房还有人租着，墙壁上沉积了长年累月的污渍和刮痕。这些墙壁从未真正粉刷过，只是表面涂了一层粗糙的腻子，横竖交织的印迹里还能看到残留着的墙刷刷毛。记得房子建成那年，父亲总说，等家里各种事情收拾利落了，好好装修一番。现在，我们只剩下半座房子。

过后几年，中心大街两侧建起了商品房，超市和商店纷纷开起来，附近有了县城最时髦的 KTV 和酒楼。建设热潮带动下，母亲的小生意也日渐红火。

最近几次回家，可以看到中心大街从早到晚的热闹非凡，县城中心已彻底转移到了这里。父亲的房子经历了十几年的轮回，又回到了上世纪 90 年代在水口路上时的境况，推开门便是一片生气勃勃。

今年腊月回家过年，发现中心大街边上又堆起了一座巨大的废墟，那是刚刚拆掉的一中宿舍区。十年前，这里的一中早已被人称作老一中，大部分师生迁到了新校区，只留下高三和复读班，指望借着风水多出几个名牌大学学生。这块地年年传言要被地产商买下，如今终于成真。

母亲说，睢中也拆了，四周一圈都起了高楼，咱家也早晚被人看上。说这话的时候，母亲的语气并无担忧，好像房子在待价而沽。

距离父亲第一次动手拆掉自己房子，已经过去了 20 年。

有时候，我甚至劝父亲，不如将房子卖掉，反正也住不完。母亲总是骂我傻，说房子还能升值，哪能随便卖？我辩解说，他们再来拆迁要钱怎么办？父母却不以为然。

即使经历了三次拆迁，他们依然不会用最坏的恶意去揣测他人。

或许我只是杞人忧天，但我能真切察觉到，对恶意的猜测和恐慌，已经在我的人生逐渐扎根。

视觉

· 陌生的故乡

· 金山之路

网易 看客

陌生的故乡

元旦前我回了趟甘肃老家。

我差不多每年都回去，但每次都感到陌生，毕竟上了大学后，我就算离开此地了。

爸妈当年从东北支边，我生在此地，这是一个从属甘肃省的矿业城市，人却大多来自东北，导致全城东北口音。后来我落户广州，现在又居住在浙江，我总是搞不太清楚我究竟算哪儿人。

在我爱上拍照之前，我的活动区域很小，所以我小时候其实没认真看过我生长的地方，等我认真端详它时，很多地方已经发生了巨变。但光线、天气和气息不会变，有些局部仍然保留着我小时候记忆中的样子，每次走过去都像脚踩棉花一样，真实又虚幻。而且摄影对此很无力，自己觉得迷幻的童年场景呈现在照片上没有那么惊心动魄。故乡就是这种不讲道理的存在，可能只适合跟自己交谈。

——王轶庶

兰州五泉山动物园，几只张望的袋鼠，
对这里的环境我和他们一样陌生

母亲的床，有闹钟、针线，和看家庭微信群用的 iPad

金昌的矿区，我迷恋秃山在不同光线下呈现出的线条和结构

在永昌一家手工地毯厂挑选地毯的二姐，
我在南方家用的也是这儿的地毯

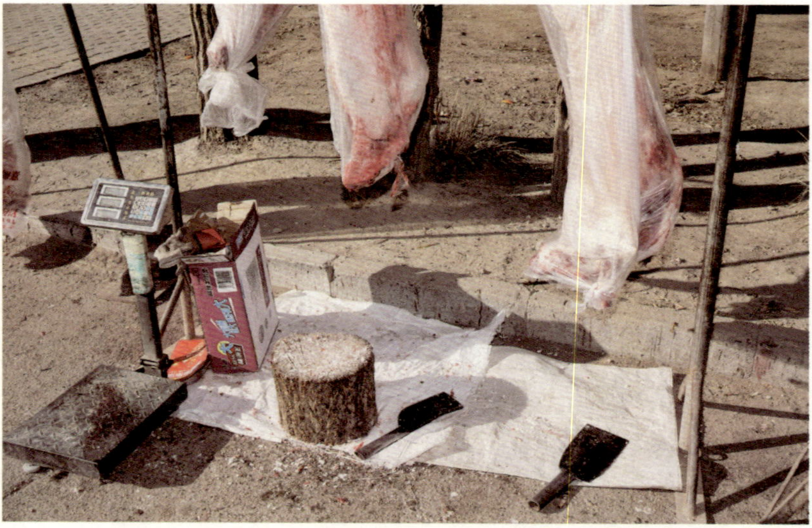

去过全国太多地方，我有信心说甘肃河西的羊肉之美味，
排全国第一

金昌把即将枯竭的一处矿山改建成矿山公园，
这是我最爱去的地方

父母的茶几，他们总是让我多吃点水果

兰州新区的1:1比例的狮身人面像，我为
这货的审美和前景感到忧心

金昌前几年修了机场，可以直通北京上海，
可是对我来说，距离感并没有增加或减少

从兰州到金昌火车上的邻座女孩

金昌戈壁滩上有体量巨大的太阳能光伏设备，久观有幻觉

金山之路

1999年，我还是个少年。那时候，我从中国搬到了荷兰。

2009年，我回到了那个我出生的城市——温州。这是浙江省东部的一个大型港口城市，有300万人口。那次旅程里，我被记忆和当代经验的变化与结合所淹没。

2013年，我走近我的根源，去到了温州周边的移民村——荷兰的许多中国移民都是来自这里，还回到了我出生的那个小村子。

上世纪60年代到80年代，这里的很多人由于经济原因到了欧洲。他们把在国外打工挣来的钱寄回家，从不告诉家里人自己长时间工作的辛苦，就这样滋养了“金山”的梦想。

怀抱着过上更好生活的梦想，大部分年轻人离开了移民村。我给那些留下的人和他们周边的事物拍了些照片。与此同时，我也探寻了脑海里的那些童年记忆。呈现的结果非常个人化的，但同时也很普遍。

这些照片都是相互关联的，是对我出生和生长过的地方的致敬。最终，我再次离开，重新发现和紧紧拥抱这片土地。

——徐晓晓

CHAPTER 4

回望

· 饶平如口述：我对国家没愧疚，却对不起妈妈

· 昨日小城

饶平如口述：我对国家没愧疚，却对不起妈妈

饶平如

◇ 黄埔军校十八期学员，参加过抗战、内战，做过编辑，著有《平如美棠——我俩的故事》。

1．回乡

我的家乡在江西南城，小时候也在江西南昌住过。

我现在还是南昌的口音，一口南腔北调的普通话，人家一听就知道是“江西闲话”。“乡音未改”，这个乡音不会改的，改不了。我在上海有表兄表弟，他们是南昌人，我们有时候在一起就讲南昌话。

我的家乡江西南城的地理位置

我最近一次回家乡是 2013 年 11 月。那次我去江西，为的是举办和美棠的钻石婚纪念礼，这是我对美棠的一个承诺。我做了一张 6 吋的美棠照片，放在口袋里，等于两个人一起去了。

我和美棠当年是在江西大旅社举办的婚礼，当时那里是南昌最好的地方，租一个场地是一千块钱，江西中上层的人士都会选择在那儿举办仪式。解放后，江西大旅社已经改成“八一纪念馆”。现在那里不能够办大型的纪念礼，主办方就在我们住的宾馆里的四楼布置了一个礼堂，用来举行“‘平如 · 美棠’我们的钻石婚纪念礼”。纪念礼的台上有一台钢琴，我自弹自唱了一段《魂断蓝桥》，这首歌是我爱人结婚以前最喜欢唱的，唱的时候我的眼泪就流了出来。

我和美棠的钻石婚纪念礼

我为纪念礼写的水调歌头，内容如下：

水调歌头

2013年11月浙江电视台“梦想秀栏目”为美棠与我在江西南昌举行钻石婚纪念礼，作此志感。

滕阁形胜地，赣水秋意深。
宏开钻石婚庆，旧梦又重温。
六十年间苦乐，多少温馨往事，飘渺似烟云。
当初许盟约[注]，今日事成真。

幽明隔，鱼雁杳，绝知音。
纵然人间天上，此情永难分。

何须香车宝马，愿效痴心梁祝，相期在来生。

家史传佳话，珍重付儿孙。

注：美棠生前与我曾相约，在结婚60周年时将携儿孙赴南昌故地举行钻石婚礼以资纪念。

办完仪式，我们离开南昌，先往临川。成年以后，我跟美棠见面就是在她临川的家里。现在临川的房子已经找不到了，柚子树还在，但位置变了，围在一所学校里。我就带了几片柚子叶和一个柚子走。回到上海家里之后，我把它们供到美棠像前，告诉她这是家里的柚子树，家里的柚子。

去完临川，我们再往南城。南城现在有老城、有新城。新城已十分现代化，老城留了四条街，但跟以前不一样，路也不同。

我家的老屋“倚松山房”，原来在北街的一条巷子里。本来这条小巷是没有名字的，因为我爷爷是翰林大学士，所以它有了个名叫“学士巷”。如今巷子的模样已经全变了，根据街墙，我才能推测出我的老家到了。

美棠家老屋不再，柚子树还在，我带了叶子回来留作纪念

南城北街的学士巷，我家老屋原址就在隔壁

现在我家原址里住着的是别的人家，出售水产，环境有点凌乱。走到里面，可以看到老家客厅的一个山墙，小厅里面曾是我妈妈的房间。房子都改掉了，只剩这一个角还在。只剩这一点点了，老家没了，我抱着一根老柱子就哭了。走到街上，跟今天的邻居们谈谈，老太太给我们讲了不少老房子后来的故事。

随后我们去了麻姑山，那是南城最好的一个地方。山中有个平原，那块地出产的米非常好吃，因为是山上的泉水灌溉。我妈妈曾在那里给我买过 20 亩地，倒不是要做地主——封建时代，老了怎么办？买点田，我不会种，可以请人家种。有规矩的，你拿多少我拿多少。反正这个田，强盗抢不掉，小偷偷不掉，火烧也不怕，比较安全。有 20 亩地，至少老了还有饭吃，有点米可以换点菜。这是从前的观念，有块地踏实，算是个老来保障，如今也没有了。

我的 5 个孩子，除了（大儿子）希曾，都出生在上海，老家没去过，没有“家乡”这个概念，只有我们这一辈有乡愁。这次回南城，我跟他们讲，以后来老家的机会就更少了，所以至少要到老家来一趟，哪怕一生就一次。

老屋已不是旧时模样，昔日大门也面目全非

北街墙上尚有过去的痕迹，旧屋仍在不断拆毁

2．儿时的教育

我的爷爷叫饶芝祥，他在我出生前就去世了。当年他参加科举考试，得了“二甲第十三名”，同榜的第一名就是著名的南通的张謇。爷爷那年科举的金榜现在还收藏在台湾故宫博物院资料室。

爷爷曾写给光绪皇帝四个奏折。第一个奏折是劝光绪皇帝实施宪政，实行宪法；第二个奏折他弹劾一个贪官；第三个奏折是给老百姓减税，有些税不合理；第四个奏折改革小学课程，小学课程内容不好。他的奏折都收藏在台湾故宫博物院，我复印了回来。

记得小时候我爸爸教我们写毛笔字，就是临我爷爷的字。爷爷写过一个家训，“忠厚传家久，读书继世长”，就是说要读书，只有读书才能把这个家一代代传下去；要忠厚，不要害人家，才能够维持这个家道不坠落。

家庭对我的教育，是无形之中的教育，是从小到大的文化熏陶。比如，去外婆家做客，舅妈给我夹面条，说“我们要长（常）来长（常）往”，给我夹肉就说“吃一个‘大块文章’”。我虽然小但听得懂。我爸爸平时从来不给我辅导功课，但是吃饭的时候，他经常会给我们讲个故事，念两句诗。

我在小学时有次画了张水彩，上面是天，下面是水，我爸爸来得巧，看见了说：“给你题几个字吧！　‘明月出天山，苍茫云海间’。”夏天，我看天上的云，云时刻在变，爸爸就吟一句“夏云多奇峰”。

有一次，他兴趣来了就讲了个故事，中间还有典故。说有一个大国，一个小国，大国要征伐小国，却先出一个对子，说小国对得好就不打它。什么对子呢？“朝无相，边无将，汝国家，玉帛相将，将来

家训：忠厚传家久，诗书继世长

祖父是榜上二甲第十三名

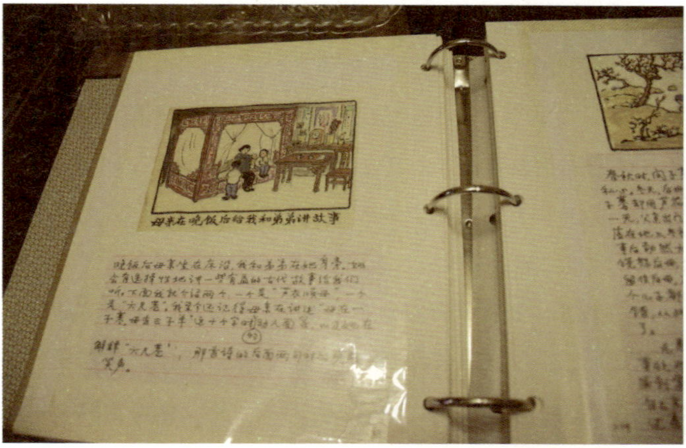

母亲在晚饭后给我和弟弟讲故事

难保”。怎么对法，才能不卑不亢？小国有个人就对上了，说“天难度，地难量，我皇上，乾坤度量，量也无妨”。

我的妈妈讲故事也讲得很好，讲到《六尺巷》还哈哈大笑，还讲《二十四孝》。

我妈妈是官家小姐，是有修养的大家闺秀。买菜炒菜之类的事情她是从来不做的，平时就写诗填词，搞些文学方面的东西，跟《红楼梦》里面的人物差不多。我妈妈的诗稿有厚厚一叠。写些什么内容呢？某某过生日了、生了个崽之类，也有春花秋月，风花雪月。她写诗也不是随便拿什么纸就写，都是写在印了花的诗笺上。

我妈妈为人非常和善，讲话从来没有句大声的，很温柔，对佣人也这样，是传统中叫“斯文”的那类人。她良心好，信佛教，我们家还有佛堂，拜观音菩萨。这些也对我产生了无形的影响。

我们小时候父母就是这样，有空了、想到了就跟你谈一谈。不是刻意教我，而是像这样，随意讲些故事、念些诗。

我读的是新式小学，四书五经我没读过，父亲在我读六年级时的暑假请了一位老先生教我。这个老先生很有眼光，《四书》不是有《论语》《孟子》《大学》《中庸》吗？他先让我学《孟子》。为什么？因为《孟子》里的文章写得好。

那时我们小学一个班级有四五十个学生，教室是一个庙改建的，本来叫南昌第十三小学，后来改成珠市小学，现在还在。学校里学国文、算术、历史、地理和常识。考试跟现在不一样，就出个题写篇文章，你这个人什么水平一看就知道了。你的字写得怎么样？你的文章结构怎么样？你用的词语怎么样……全部都知道了。

我喜欢国文和美术，也喜欢出奇制胜。高中一年级时，国文老师出题目造句，什么句子呢？用“之乎者也”的“也”造句，我只填了两个字，“雁过也”。这是宋代女词人李清照的名句。老师一看就非常欣赏我的答案，加以表扬，又接着朗诵下去：“雁过也，正伤心，却是旧时相识。”

3．童年的玩闹

小时候我们买的玩具不多，都是自己做玩具想方设法来玩。

当年在家里，我住天井这边一个小厢房，我侄子住对面的屋子。我搞了一个“电报机”。两个房间都各拉一根线，把马口铁香烟盒的盖子拿来，钉在墙上，再吊一个锤子，用一根绳子串起来。我一拉，那边就“噔”地响一下，他一拉，这边就“噔”地响一下。有了这个东西之后，我就给铃声编码，做了两个密码本，他一本我一本。“当，当当”就表示“一、二”，“当当，当当当”就是“二三”，“当，当当，当当”就表示“倒杯茶来”，“当当当当当”表示“拿本书来”，我就这样差遣他。那时才十一二岁，我就是个享受派了。

小学毕业照

我还自己印刷邮票，写信给我侄子。我用马粪纸剪个形状，贴到另一张马粪纸上，再用笔把红的绿的颜色涂上去，一印邮票就出来了，然后就发信给对面，指挥他做事情。

也有调皮捣蛋的事情。夏天晚上很热，父亲请来的老先生给我补课的时候，我就在背后放一把扇子夹在椅背上，再搞根绳子系在脚上。一拉，扇子就扇一下，像是自制风扇。老先生高度近视，看不见那根绳子，看到扇子不停扇以为闹鬼，吓了一跳！

南城有座山，山上有座塔，那座塔好多年了，叫“聚星塔”。有天早上我一个人去探险。塔里是一条很窄的石阶，螺旋形地通向塔顶，但塔身中间的木头都烂掉了，塌了。我就这样爬到最高层，去看城里的风景。现在想来十分危险，可见小时候的冒险精神。

我也偷过东西，偷的是我爸爸的香烟。他是律师，平时抽水烟，客户来谈生意的时候，就拿个白金龙牌的好烟给人家抽。有次，趁下午他不在家，我就偷偷拿了一根烟，带着自来火，跑到二楼抽，没想到刚一抽就被那个烟呛得不行。十四五岁少年的好奇心，是很好笑的。

我 16 岁时，正是抗战的时候。大家要分开了，我们三五个同学就到太平桥头凭栏而坐，看着江水，唱抗战歌。有上游漂下来的树枝、叶子，一种川流不息的感觉，我们就在脑中幻想啊幻想，也说不出所以然来。

20 岁，刚去黄埔军校，我白天操练又忙又累，一天下来就只想睡觉，第二天又是训练。新兵入伍，先步兵训练六个月，剃光头，不许出去，没有星期天休息。六个月分科以后才可以休息一天，留留长头发。

志愿去参军时，我一点也不想家，父母也不想。我妈妈虽然不想

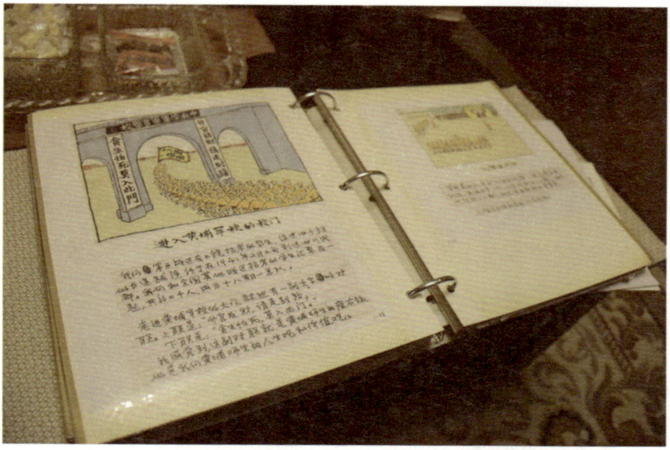

1941年我参加黄埔军校十八期一总队，进校受训

我去，但是她也深明大义，知是抗战年代。大丈夫志在四方，好男儿是要“乘长风破万里浪”的，霍去病讲“匈奴未灭，何以家为”，当时我胸中都是豪言壮语。那是“抗战”第三年，华北、东北、上海、南京、宜昌……都是日本人，就剩下江西一个角，南昌也沦陷了，要亡国了。日本鬼子不打走，国都没有了，还有什么家呢？

1942年5月，日本鬼子就打到江西南城了，一进城就杀人放火，我爸爸带全家逃到广昌去了，我家的房子烧掉了一半。城里面还有没钱逃的，三千多个人被杀，地下沟里面都是人呐。那是五月份，日本人杀人放火之后就走了，随后发生了瘟疫，城里面一塌糊涂。

不久，我的奶奶听到南城已经收复了，就要回去。她是封建脑筋，说死也要死在家乡，不要死在外地。我的爸爸没办法，只好听她的话。这一去，我的妈妈、奶奶和爸爸，三个人马上都感染了瘟疫。当时南城没有医生，连药都买不到，我母亲就这么去世了。所以，我对日本鬼子没好感，他们害死了很多中国人，像我妈妈也是他们间接害死的。他们不来侵扰中国，中国很多人都可以生活得很好。

乡愁，一个讲的是家乡，与山水土地相关，另一个讲的就是亲人。我这一辈子，对国家民族，没什么愧疚，但我确实是很对不起妈妈。参军的时候没想家，到后来，我经常想到自个儿的妈妈了。

因为我妈妈生病的时候，我没有给她倒过一杯水，或者是问候一声，也没有为她用过一分钱。她五十岁就不在了。当时，我的姐姐已经出嫁了；我在黄埔军校，和江西相隔千里；我还有个弟弟，到外面读书去了——她没有一个孩子在身边。想想那个时候，她快要离开人世的时候是多么痛苦啊！我现在想到她都非常难过。

就像我现在对家里小孩讲的，这成了我最大的一个心结，越想越难过，越想越自责。特别是现在听到旁人讲，或者看到电视里面讲谁给父母花钱、为父母做事，我就觉得那些人真幸福啊。一个人有妈妈，你喊她，给她东西，不是苦差事，不是吃了亏，这是人生的幸福。《孟子》上有句话说，“父母俱存，兄弟无故，一乐也”。

1943 年我从黄埔军校毕业，才知母亲已于 1942 年夏季去世，内心悲痛，回乡祭母，无法在她生命的最后陪伴身旁成为我一生遗憾

昨日小城

张宇
◇ 现居济南，规划行业人员，爱好写作。

· 飞翔鸟

20 年前的春节，小学的寒假，我和发小 L 会在晚饭前爬到大院办公楼的楼顶上看鸟。大楼很高，我们很小，鸟群是一片密集的风筝，线就在我们手中，围着大楼一圈圈盘旋直到日落。楼下大院的东西两侧是花园，花园里是密密匝匝簇拥在一起的枯树，鸟群在上面驻足；大院的西面是公园，还没有整修，是鸟的家。我们自以为是群鸟的中心，其实完全不在它们眼里。

“天再高，我的快乐至上”，白天电视剧频道循环播放《新白娘子传奇》和《西游记》，到了黄昏，《绝代双骄》的这段旋律伴着叽叽喳喳的鸟叫在脑中回响。那时我觉得林志颖是最好的歌手，是每个傍晚的江小鱼，不唱小星星，哪儿都不去。

后来我们陆续离开小城求学。再后来，有的回到大院做了公务员，有的留在上大学的城市为人打工，有的远赴京城做了小老板。L 成为一名武警教官，大多数时候都在值班，我们很少见面。有多少年了我们都没有留意过还有没有鸟围着大楼飞，自己却像鸟一样，在每个年三十春晚开始后围着大院一圈又一圈地转着。

· 黄楼顶层的黄昏

我在刚过去的除夕下午，爬上楼顶。大楼不高，只有六层。在高层建筑中工作居住久了，几乎让人难以想象这座二十几年来没有什么变化的黄色办公楼，曾是这座小城的至高点。现在它只是权力的至高点。大院 10 年前出了事故，从此一直有武警巡逻；楼下花园里枯树不再，取而代之的是塑胶花园路和规整的花畦；西面公园中海盗船碰碰车人声鼎沸，烤面筋铁板鱿鱼烟雾缭绕。

鸟群飞走了，自我上大学起至今十余年，还没有回来。

· 冰中鱼

小学的一个寒假，妈妈牙疼难忍，我和爸爸便陪她一起去医院拔牙。牙科的药味儿和钻头的嘶嘶声让我汗毛直立，爸爸便带我去医院东面的青年湖上透气。

湖面结了很厚的冰，湖边散落的低矮平房里，家家户户都在忙着过年。警告牌上“请勿滑冰”的第二个字被人用粉笔涂抹没了，几个半大孩子呼啸着从湖边蹿到湖心，拿着摔炮向湖边投，啪啪作响，我则不怀好意地想着冰面炸开一条裂缝把他们都吞掉。爸爸跺了跺脚下的冰，走到岸边十来米处停下，招呼我慢慢挪过去。我们蹲下拿块石头砸冰。十下，二十下，白白的冰晶溅出来，不一会儿冰面上开出一个拳头大的小洞。爸爸说鱼会过来透气，我捋起袖子就把胳膊往下探，似乎真的有滑溜溜的东西在手臂上蹭来蹭去，直到手被冰到发疼发麻，才恋恋不舍缩回来。后来从科学频道看到，海中的鱼群因为趋光性，会形成一个锥形向海面的一个光点汇聚，也许那天的湖面下也是这种景象吧。冬天的青年湖面雾气缭绕，对于那时的我来说，就像海一样。

今年初五，下雨了。青年湖又回到那年冬天烟雾缭绕的景象，新建的灰白色新中式住宅楼与略加整改的低矮城中村，在湖的南北两岸宁静对望。早已立春，冰面融化，看不到鱼。整改后的青年湖被几何形的草坪拼贴得像一位穿上新衣的老人。爸妈说他们谈恋爱的时候就在青年湖约会，我印象里有一张照片是妈妈倚着树，爸爸围着树小跑，拍得非常漂亮。我问，要不再跑一跑我给你们拍张？爸说，跑不动了。后来我站在新修的拱桥上，看他们肩并肩慢慢走向远处烟雨中，按了下快门。

记得多年前砸冰的那天回到家中，我还以此事为题写了一篇寒假日记，称自己捉到了很多鱼。我说了谎，其实一条鱼也没有，但那篇日记老师给打了个甲。

· 老宅院

老家属院的院墙靠着小城的大堤，小时候那里荒草丛生。

在姥姥眼里，大堤是个不大安全的地方，它南北那么长，通向一条大马路，对面是炊烟缭绕的城中村。对于裹着小脚的她来说，在这么长的距离上寻找四处疯玩的我，要费不少力气。所以她不大乐意我去大堤附近玩，大多数时候，我只能在老院小操场旁的大树下，看姥爷和一群老头打门球——沙地上，老头们拿一把倒置的槌子撞一下，那球就慢悠悠地滚向不远处的一个小铁门——这简直是记忆里最无聊的运动了，有时候球滚到我脚下，都懒得给他们踢回去，老爷子们就会喊着我小名儿，说着好话哄我来上一脚。

那时姥姥家就靠着西墙根，隔墙就是大堤，据说大堤上黄鼠狼出没，因此家里墙根的那一窝鸡一直都是重点保护对象。那时的我还分不清狼和黄鼠狼，对其倍感恐惧。某天夜里电闪雷鸣，鸡窝里乱成一团，院子里人声嘈杂，我睡意朦胧地隔着窗户向外望，猛然发现西墙头上一团黑影，两只闪亮的眼睛滴溜溜地转着，让我一个激灵，扭过头去不敢再看。第二天早上得知夜里黄鼠狼来袭，损鸡一只，在姥姥添油加醋的描绘下，我更对这种凶猛的生物多了一份敬畏。

后来上学后在宠物店见到了黄鼠狼本尊，两只狡黠的眼珠晶莹透亮，似乎嘴角都在古灵精怪地上扬，其可爱程度实在很难与已有印象画上等号，至于那天半夜在墙头上看到的惊悚怪兽形象，也难以分清是真是幻了。

站在新办公楼上看老院，记忆中错综复杂的院落巷道，其实不过是两排平房，小时候要走上半天的大堤，也不过二三百米长度，童年对万物的神秘感逐渐崩塌在日益扩大的生活圈中。大堤上修建了公园步道，黄鼠狼们变成了泰迪金毛；院前的小操场和老树早已不在，取而代之的是平整冰冷的停车场。

老院早已易主，姥姥已经去世很多年了。

· **熟脸狗**

从我家到小学的路上，有座村庄姓刘。它长两里，宽一里，只是小城里许多村子中的普通一座。

记忆里的刘庄盛产小混子，都是小学班上的霸王，胆小老实的学生没少受欺负。每天上学路过庄口，我都会迅速跑过。姥姥告诉我，刘庄里有卖小孩的，有疯狗，别去。有时爸爸骑车带我从刘庄穿过去往某地时，我都会下意识地把脚缩得很高。那会儿的狗多凶啊，一个个阴阳怪气的，隐蔽在虚掩的门后，从暗处看着街道，时刻准备着，一旦有庄外人路过，定将跑出来狂叫不止，你越跑它越追，追你一里地不成问题——两条腿终归敌不过四条腿，万一被咬了也不知道是哪家的，只好自己认了。

现在我才知道，原来刘庄全名是刘善人庄。在庄里穿行，你会发现许多人都在笑呵呵地站在门口和邻居聊家常，每个人都那么和善。现在这儿是小城里最金贵的城中村了，曾经传言这里要盖一座名为曼哈顿广场的商业中心，村里着实沸腾了一阵，后来计划搁浅，大家都在等拆迁，安静而充满期盼。现在的小学生都是好孩子，钢琴、吉他、舞蹈、补习班，放了学跟着老师的号子，“一二一，一二一”，在每一个路口像河流一样分岔游向各自的父母。当年的小霸王，说不定现在就在喊号子呢。

刘善人庄里的狗也越来越懒了，你尘土飞扬地从它家门口跑过，它也只是对你砸吧下嘴，瞄你一眼，都不带动弹的。“来了？过去吧。”几乎能听见它心里的话，仿佛是多年没见的老熟人。我们擦身而过，互相看一眼，它知道我不再有恐惧，我也知道它已失去了父辈的脾气。

·赵王河

赵王河从西向东流，在小城拐了个弯，经过老院、小学、小黄楼旁的公园，从日落流向日出。小的时候，赵王河流经城市的河段，河水发黑，远处就能闻到臭味——农家的臭味，因此倒算不上刺鼻。我的小学操场就在河边，没有什么防护措施，这在今天看来是不可理喻的。但那时孩子们都会自觉地远离河岸，现在想想大概有两个原因：第一，臭；第二，水鬼。

关于水鬼的传闻，曾祖母给我讲过：谁家的孩子在河边蹚水玩，被拉下去就死掉了，只剩下河上漂着凉鞋；晚上在河边走的人会看到水鬼在河中间露个头，云云。在我幼年的脑海中，水鬼绝对不是如今流行的日本河童的乌龟模样，而是面色青灰的丧尸形象——他就在水边浮着，露双眼睛等着你，趁你路过一把拽你下水，也不为找替死鬼投胎，干的完全是损人不利己的勾当。这让我对赵王河感到好奇又害怕，认为敢于在河边钓鱼的人，都是吃了熊心豹子胆的。

小学的某个夏日阴天的午后，孩子们都在操场上打闹，丝丝热风吹来河面上原始的味道。天空中响起飞机的声音，抬头却看不到，也许是防空警报的演习，总之这种神秘莫测的隆隆声让包括我在内的许多孩子停止了玩耍。不知谁喊了一声，大家不约而同地向河面望去，只见水面中央一团白色物体从远处漂来。有人说是人的脑子，很多人都相信了——在那种怪异的气氛下，仿佛这诅咒似的声响就是为了那团莫名其妙的死物而鸣。好事的孩子拿着少先队的红旗旗竿去戳，我咽部发紧，溜回教室。后来想想，也许只是一袋白色的垃圾罢了。

很遗憾，在对赵王河的记忆里，我没有他人对于故乡河流的那种孩童戏水亦或两岸农家炊烟袅袅的美好画面，更无乡愁可言。曾祖母早已去世，小学原址上新建了欧式风格的新校。赵王河几年前被整修为滨河公园，水面清澈，亲水的广场、灌木丛和石板路穿插错落，孩子和宠物在河边追逐嬉戏。赵王河已完全走进了小城居民的生活。

年前的某个晚上，我沿着河边小道跑步，累了坐在草丛中的石凳上休息，河水近在咫尺。对岸的广场上，有孩子在放烟火，一团绿色的荧光“咻”地升向半空，落入水中。不知道为何，此刻我脑海中再次响起了多年前那阵隆隆声，一种五味俱杂的幻觉油然而生——将会有什么东西从河水中露出半个身子慢慢漂来，手肘搭在岸上，仰头对我说：

“我认识你，20 年前在小学操场上看你玩耍，你长大了，不怕我了，我也老了，我们可以说再见了。”

CHAPTER 5

起 程

· 笑问客从何处来

· 公务员落榜的文艺女青年

· 你好，谢谢你的鱼

笑问客从何处来

曲玮玮
◇ 青年作家，有故事的女同学。

·1

写这篇文章，因为寒假里发生了一件意料之外的事。

刚从上海回到老家，小敏突然把我跟老马约出来，一脸正色说："我要跟你们宣布件事儿，严肃点。"

我在对面笑嘻嘻地玩自拍，刚准备换个姿势，手机被她一把夺下，老马在一旁尴尬地清嗓。小敏环顾四方，小心翼翼地说："我准备留在石岛工作。"

这话抛出去，三人面面相觑。软绵绵的语调就像朗朗晴天里的洪水突袭，冲得我站立不稳。老马一脸讶异还未消退，伸手去摸小敏的头："你他妈发烧了吧？"

气氛僵持，像被一口锅突然扣在头顶，混沌的空气砸在肩膀上。

我们三人穿开裆裤时就彼此认识，一路走过平淡无奇的少年、惊心动魄的青春期、兵荒马乱的高考，到大学依然混在一个城市。和老朋友一起踏上新城市，就像把故乡的一部分切割，卷进行囊一同打包带走，在异乡又塑造了半个故乡。

那句话讲得好，人物的出场顺序非常重要。那些愿意陪你喝得酩酊大醉的人，最后都无法清醒地把你送回家。我们已经协议好今生要手拉手沉醉而归，竟有人中途言而无信。

说完这个决定，小敏吐了下舌头，心虚一般扬长而去。似是匆忙，走前膝盖不小心碰到桌角，留下一声凄厉的惨叫。

在我的认知里，我们这些在石岛长大的小镇青年，终究是不属于这里的。小镇温存，不过是禁锢我们梦想的驿站，曾经埋头在灯下为了高考刷题的每一夜，都是远行的伏笔。

老马的眼皮突然耷下去，呆滞好久，突然猛拍桌子："她马上就要跟家乡银行签协议了，我们只有几天时间阻拦，不能让她做傻事。"

我们端着小镇特有的玻璃咖啡杯沉思许久，脑洞弯成曲别针，也想不出小敏为何留在这里。

"等着，明天我劝服她。"老马志在必得。

·2

与老马告别，我裹紧大衣在街上漫无目的地瞎溜达。想不通一度离开夜店、离开刺激就活不了的小敏，为何 20 岁就决心回老家开始返璞归真。要修度也得找个好时辰吧?

我越想越无奈，用脚狠狠地踩着地面，企图把心里那束烦躁的火踩灭。

鬼使神差走进了菜场，刚准备退出去，听到摊位上几番讨价还价的乡音，竟入了迷。

其实胶东地区方言听上去颇让人尴尬，充满了乡土气息浓郁的“俺”字和“彪”字。一位上海的朋友在威海工作一年多，学会讲胶东话后声带嘶哑，险些失声。上海话鼻韵明显，而胶东话类似于“喊山”，敞亮，用劲，听上去又喜庆，又像吵架。

石岛小镇人都不太会讲普通话。当年我爸送我进复旦，特意宴请过几位老教授。教授们不喝酒，我爸答谢一番，自己喝一通，连连说“麻烦各位多多照顾”。教授们皱眉说，“你说话我们都听不懂啊”。

那顿饭吃得尴尬，我爸全程只能沉默地傻笑。

据说石岛是最大程度保留胶东话古韵的地区，书面讲叫“齐东野语”，就是齐鲁地带乡下人的口音。离乡音越远，我反而越来越喜欢它。大学难得与老乡待在一块，我们大声用乡音开玩笑，俗气粗劣，像大块吃肉大口咽酒，像武侠世界的快意恩仇。

在上海最快乐的事是每个月把老马和小敏约出来，我们扯着嗓子放肆讲家乡话，讲最荤的段子，出租车司机和服务生小妹困惑着问：“你们说的话怎么一句都听不懂啊？你们从韩国来的吗？”

我们哈哈大笑说：“是朝鲜。”

有次在学校，碰到一位男同学边骑自行车边用石岛方言打电话，像火药厚实的鞭炮突然把我炸醒。下意识般，我疯狂跑在他自行车后面，用尽浑身力气妄图追上他，追了几百米未果，只好狼狈放弃。其实我并非那么渴望结识这位老乡，只是想追逐这缕生动的乡音，追逐跟家乡有关的最有温度的标识，就像无法跟眼波流转的情人朝夕相处，能守住她一缕青丝也是好的。

如今站在菜场，耳边满是烟火人间的你来我往，我像只失水的鱼，突然被放回了林间清泉，贪婪地大口呼吸。

·3

已是黄昏，我两手空空从菜场走出来，虽饥肠辘辘，却如同吃了大补仙丹。望着小镇的点点灯火，心里不禁恶狠狠地给了自己一锤，妈的，我竟然也有了乡愁。

作家十年砍柴曾送我一本他的《找不回的故乡》，看着素淡的封面，我托着头想，人只有活久了，才免不了要寻根吧，而我才 20 岁。从前始终觉得“思乡”这个字眼太矫情，是穿着皱巴巴白衬衫的上世纪 80 年代诗人才会裸露的情怀。

而我们呢，我们思念的哪里是故乡，无非是被窝里的安全感，是面条里妈妈给卧着的溏心蛋。就算在妩媚的深夜，跟老友对酒当歌你来我往，月光流淌在肩头，粗钝的心化成温柔的水，煽情气氛烘托到位，你感慨的只会是脸蛋能掐出水的姑娘，而绝非“故乡”。

被迫迁徙和主动疏离的心情总是不一样的。“游子”是个太缺乏现代性的概念，来自“浮云游子意，落日故人情”的古代，来自安土重迁的往昔。现在谁还会大言不惭地称自己为游子呢？远离故乡小镇成为年轻人语境下的“政治正确”，人人皆是游子。

在远方读书工作的年轻人假日归来，也把一线城市的灯红酒绿一并带来，长辈们簇拥着，问道“工作压力大不大？城市消费高不高？”小镇只是承载着大家童年少年记忆的容器，被深埋进土地。“失根的兰花”甚至成为褒义词，意味着生命力顽强，意味着独立。

但再遮遮掩掩，不得不承认，“故乡情结”是存在的。跟陌生人见面，一个绕不开的问题是，“你是哪里人”。为了降低成本，大家试着先用家乡来试探认知一个人。来回交手数次，不得不和故乡又建立起联系。

我会理所应当地认为，我的某些秉性有迹可循，来自那个与我血脉相连的故乡大环境。我常挑逗一些南方异性朋友，“做起事来软绵绵的”，他们颔首一笑，“一方水土养一方人嘛，毕竟我在江南长大”。而我会把性格里的憨厚归于胶东人本身，把满身侠义归于海边人的凛冽。

突然明白史铁生在《消逝的钟声》里的那句话：“人的故乡并不止于一块特定的土地，而是一种辽阔无比的心情。”“故乡”突然从一个羞怯内敛的小姑娘，变成气壮山河的瀑布，辽阔的旷野，延绵的群山，和胸中吞吐不完的故事，大气如虹，和我的人生牢牢锁在一起。

· 4

再往前走，路过街角卖烤肠的摊位，烤肠大叔伸手拍我肩膀，险些将我拍倒。站稳之后，大叔笑眯眯地说：“老鼻子日子没来了，你快大学毕业了吧？”从前每天放学回家路过这儿，都要先买个烤肠垫饥。三年没出现了，他还记得我。

又路过腾龙游戏厅，流口海水浴场，“麦肯姆”西餐厅，每个熟悉的地点都和我的青春期牢牢捆绑在一起。他们并非东方明珠、人民广场、五道口这样耳熟能详的地标，被各种文学影视作品反复提及，成为强大的IP，霸占每个人的记忆。

而小镇景观从未被肆意消费过，未曾符号化，这些记忆只属于我自己。像刘亮程说，“故乡是一个人的羞涩处，也是一个人最大的隐秘”。我的小镇太质朴羞涩了，就像没有任何人能用胶东方言流畅地表达“我爱你”，小镇毫不响应我的抒情，它不需要任何人正式地怀念它，给它写诗作画。它只需要继续存在，灰蒙蒙的，点缀着几盏粗糙的霓虹灯，安心陪伴那些操劳生计的人们。

我曾攒够钱去小镇唯一一家西餐厅约会，发现开胃面包竟是两块大饼。吃到一半我丢下男孩独自离开，走在鱼腥味扑鼻的街道，怒气全鼓在腮帮里。在这样闭塞滑稽的小镇里，尴尬无处不在。

任何事都是劣质而山寨的。我想学油画，镇上最棒的美术老师也只能教我画水彩。学校领导准备搞交谊舞比赛，最后却只能改跳广播体操。谈恋爱也是蹩脚的，根本没有男孩会弹吉他，用乡音脱口而出的情话是“我看上你了”，连说“喜欢”二字都别扭万分。

终于捱到高考结束，我如愿飞到南方，以为小镇离我越来越远，最后只会成为人生镜面边缘上一个小小的斑点。但过去不容假设，我无法判别倘若生活在别处，乐趣是否有增无减。但童年寂寥漫长的夏天，村庄里发烫的土地和不眠不休的蝉，青春期的百无聊赖，那些游荡在小镇的时间，尴尬的情话和鱼腥味的菜市场，让我的人生多了一种弹性。

想到高考刚结束，一个上海的朋友来小镇找我玩。来了之后，把他安排在一个叫“汝家”的山寨酒店，去海边逛逛，去我的母校走一圈，然后无处可去，只好找一家闷热的小网吧打游戏。他说：“你生活的环境就这么大吗？”我耸耸肩膀说：“是啊。”

他用鼻子哼一声气，拎起背包说：“受不了，我要走了。”

我舔舔干裂的嘴唇，不知如何应答。

有过怨气，有过不甘，到最后却完成了原宥与和解。

·5

曾经闲来看《舌尖上的中国》，他乡的吃食转瞬即忘，深印脑海的只有那句话——“中国人擅于用食物来缩短他乡与故乡的距离。”

最喜欢看汪曾祺那本《故乡的食物》，汪老讲河豚，讲豆汁儿，讲菌类，讲手抓羊肉，讲十几种做法的豆腐。异乡人最敏感最思乡的总是味蕾，一切都可以苟且，家乡的味道不能。

一天在学校附近的国权路上吃到一家叫“威海渔村”的店，点了海肠、玉米饼子、各种家乡常见的蛤蜊，突然感慨万千。食材远不及家乡新鲜，蛤蜊咬一口，满是从家乡一路运送而来的疲惫。突然想到曾经跟姥姥赶集，五毛钱一斤的蛤蜊买上一大盆，回家一煮鲜掉眉毛。

小时候住在姥姥家，姥姥每个月蒸一锅胶东大馒头，面团蓬松，插上几枚红枣，浓厚但无侵略性的香气直接顺着鼻尖跃进温暖的胃里。盖上锅盖，蒸汽笼罩在厨房，慢慢淹没我的头顶、胸前，弥漫在整个屋子里。我在厨房里放肆疯跑，想象自己是腾云驾雾的神仙。

有年春节，有个老朋友身在外地没能回家，我跟他聊微信。我漫不经心提了一句，在吃胶东大馒头，他说，“你把手机拿近点儿，让我闻闻”。

·6

突然发现，自己从小在村庄长大，确是一种福祉。哪怕记忆的真实性已不可考究，童年的远山与小河已经样貌模糊，但仍不妨碍故乡成为我心中一个远古的梦。

坦言讲，我把凋敝冷清毫无诗意的偏僻之所美化了，成为我记忆中回味无穷的心之所向。这又如何呢，故乡不再是一方土壤，不是地图上被圈起的地域，成为一个被幻化的符号。

我其实对那里一无所知。除了亲人，我与那里居住的人们早已毫无瓜葛，我也无心去了解小镇的旧时风物志，无心摊开蒙灰的旧书卷打捞失落的民间技艺。但故乡是个朴实又善良的大辫子姑娘，温柔把我揽入怀中，让我在她怀里宽容了自己。

最单纯的那段时光给了故乡，臃肿世俗的规则还没有在世界里层层建立，世界还是单线条的样子。有时和朋友深夜感慨，现在慢慢变成了自己最讨厌的那种人。说是思乡，想念的无非是乡间一壶酒，是盲目的天真，无妄的少年。

凄迷的晚风吹进胸膛，吹走了一部分真心话。

· 7

一路走着，然后转回了家，天色已晚。

小敏什么都没说，而我突然没了满腹怨气，有些理解了她为什么要选择回家。

第二天一大早，老马把我和小敏约出来。

他一本正经端着茶缸，像辅导员谈话一般，对小敏循循善诱。

"你要先在银行做好几年柜台，每天像机器人一样坐在那敲章，回家没什么娱乐活动，在看电视和上网中消耗了宝贵的晚上。在石岛你也找不到真正的朋友，格格不入，只有互相攀比的大爷大妈，催婚逼婚的长辈，早早按部就班衰老死去的同龄人，连摄影都找不到好模特，就乖乖在家绣十字绣吧。最后你听从父母之命找了个老实巴交的公务员，见识短浅不懂浪漫不说，一个月工资还不够孩子奶粉钱，再过半年回来发现你做了微商。好了，我们的友谊也该走到尽头了。我都不用掐指一算，这就是你未来的生活。你真的想好了？"

老马说完，深呼一口气，翘起兰花指喝一口水，淡定看着她。小敏不插话，坐在那一副"你就是搞不定我"的样子，脸上的雀斑在跳舞。

气氛又在僵持。

老马一言不发地看着小敏一分钟，然后，这个二十多岁的大男人，像一只收束的伞，缓缓蹲在地上。他双手掩着面目，指缝突然溢出泪水。

我们被他这么大阵势吓了一跳。

“哪怕你去北京，去广州，至少生活是跟我们在同一平面的。但你待在石岛，就再也回不来了。”老马说。

在他心里，回到小镇就像看破尘世踏回远荒，是跟老友的无声告别。我们的生活、我们热闹的话题，她再也无法参与了。

老马向我使尽眼色，我也没有开口劝说小敏一个字。更吊诡的是，我们始终忘记过问她回家的理由。那不重要了。

从昨天起，她带我做了一个漫长的梦。在梦里，平时遮遮掩掩的乡愁，似雾似真。

公务员落榜的文艺女青年

郑格格

◇ 江苏人，创过业，目前待业。在你身体里沉睡着火种。

·1

凌晨一点钟，我远远地看到陈粒时，她正坐在路灯下的白圆桌前，岔着双腿啃鸡翅，地上已经摆了三个啤酒瓶。一小时前，我接到她邀我撸串的电话时，就知道今年的公务员考试，她又考砸了。

我把车一支，向她走去。陈粒是个白净的姑娘，典型的黑长直发，眉目清秀，身材消瘦。她戴着某民谣歌手签名的帽子，穿着打铆钉的皮裤。“怎么那么慢啊？”她把前倾的头发拨弄到脑后，露出大额头，“我五分钟前就到了。”

陈粒上衣的口袋里夹着一个本子，我一边应着，一边伸手去拿。本子的封面是她的偶像弗里达，一位美丽又特立独行的女画家，一位难以用道德衡量的荡妇。陈粒喜欢随身带笔和本子，想到什么就写什么，有时是简约的随笔画，有时是一些诗句。

记得很久之前，她写长诗，讽刺诗，洋洋洒洒，很有血性。这次翻来翻去，却只有一首新作：

我闭着眼睛
向黑夜的恶之花扫射密集的子弹
它们在空洞的缺口彼此咬合
发出打桩的声音，冰冷黏在我的被褥
我从夜的死角爬出
为了走露水浸润过的草丛
为了鞋子沾满更多的泥土
掀开黎明的棉被
看见纳喀索斯
也是刚出发的猎人

相比之下，她的作品似乎失去了以往的尖锐。我问："你这不到黄河心不死的，还要接着考？"

她抹抹嘴，不理我，继续拿起啤酒，熟练地撬开瓶盖就"吹"。我轻轻抵着她，旁边几个大肚腩、光脑袋、眼神有凶光的男人，边看我们边发出哈哈大笑。

夜晚有种神秘的气氛，大多数居民楼的灯都黑着。大排档生意不错，有夜跑的人过来吃，还有遛狗的情侣。

她无奈地说："这次二十几名！唉，为什么每次都不能进面试呢？我家几个亲戚都考上了，亲戚们整天问我妈我考得怎样，背地里都在说我不行。我不考上怎么打她们的脸？"

我不知该如何安慰，只能继续和她碰杯。她边干边说："每次都是一两百人竞争一个岗位，就前三名能进面试。我的成绩换到另一个岗位能进前三，你说这是什么制度？"

"看运气的制度呗。"我端杯碰了下她的瓶口下沿，"敬你的！"

她的眼睛红红的，眼神游离："快意恩仇，爽！喝酒吃肉，爽！"

恍惚之间，我想起了大学的时候，我俩坐轮渡到江边玩。男人、女人、小孩和狗，自行车、电瓶车、摩托车塞满了船舱，我们顺着锈蚀的铁梯爬到二楼去看江，浩浩荡荡的长江一眼望不到头。

缓缓西沉的落日掉入长江，掉在我们的眼睛里和身上。红旗猎猎地在船尾鼓动，我们站在船头，看对岸停靠的游轮和货船，大风吹乱了头发，口袋里灌满了风，汽笛声随着排水发出的激浪声一路飘到对岸，那时的我们有种指点江山的豪迈。

毕业时，我们最后一次看长江，发誓一定要再回来，大快朵颐，痛忆青春。而现在，我们都活成了别人眼里的 loser。

·2

生在小城，我身边也有这样的亲戚——这个局、那个委的公务员，还有在医院、银行里有编制的医生和职员们。他们在小县城里活得滋润、体面、受人尊敬。朋友圈里的话题不是旅行、聚会、高档护肤品，就是换车、换手机。

他们职业安稳，惠及全家，会比做小生意更受人尊敬，尤其在小地方，什么牛头马面都想混点“打点费”。而陈粒考公务员主要也是想争口气，她实在看不了她妈为了她，小心讨好亲戚的样子。

每到过节，她妈就要回老家杀老母鸡，挨家给亲戚送。有时对方不领情，这比直接扇她两巴掌还让她难受。陈粒每次都冲她妈吼：“你别再去给人送鸡送鸭，财神啊？需要这么供着！”

几次下来，她妈就背着她送，陈粒生气但心里又无奈，就赌气说：“你今后别去送了，我自己考公务员。”

陈粒开始愤愤不平地数落亲戚：热心的爱多管闲事，为她着想的往往世故迂腐，有些不冷不热的又太精明，还有些“变色龙”态度总是暧昧……这些人把她的心搅得像一块搁在炕上的山芋，没事就往下面添火。

说到痛快时，她往往一拍桌子：“市井！市侩！”

我讥讽她：“大城市精明冷漠你不喜欢，小城市水深火热你也不喜欢，干脆移民算了。”又问，“对了，你的诗现在还投稿吗？”

“不投。”她听到我说投稿又兴奋起来了，“你知道吗？上次我在朋友圈里发了一首诗，被我高中同学骂装X，下面还有人点赞了。”

我们哈哈大笑。陈粒对于被人骂这件事情并不生气，按照她的话，“装X是一种生活态度”。

陈粒还是有才华的，文字也还可以，不过“还可以”在中国一抓一大把。我说：“你才华不够别写了，人家都说‘文艺青年’这个毛病，生个孩子就好了！”

“你看看人家黎明，现在走这条路子是在‘曲线救国’呢！”她说。

黎明发表过不少作品，现在研究生快毕业了，今后打算走科研的路子。他算是我们公认的有天赋又很努力的那种人，然而他的武侠小说现在也没什么人乐意看了。

我们沉默了一会儿，她忽然开口：“你说，现在谁还看诗歌？都忙着赚钱呢。”

· 3

这晚之后，陈粒沉寂了一段时间。期间，高中同学搞了一次聚会，陈粒没有出席。因为这样的场合，很可能会遇到她的前男友陈辉。

我独自去了同学会，发现陈辉胖了，笔挺的鼻梁上架起了眼镜，比以前成熟了。他现在把公司做大了，举手投足间已经看不出当年的青涩。他带着一个高挑靓丽的女孩，很快就成为人群中的焦点。

有老同学问我：“陈粒怎么和他吹了，他们都谈多久了啊？”

“五年。”我答道，从高中同桌，到同一所大学，陈粒的事情我最清楚。

“那这小子挺聪明，七年之痒还没到，就先换了一个，人家不光老子有钱，自己还是市政办的人。”

这席话弄得大家都不自在。班上一个以前很喜欢陈粒的男生，一根接一根地抽着烟，可他如今也结婚了。

同学会上，陈辉的新女友处事大方得体，客套话说得极好，是个八面玲珑、深谙世事的女人。觥筹交错之间，陈粒的短信来了，不知道是谁告诉了她陈辉带女友的事。她问我："那个女的漂亮吗？"我回了句："还行，没你美。"

她没说话，我却感觉到了她的失落。

当年，陈辉刚创业那会儿特别拼，急着出成绩，有时候甚至不惜手段，经常夜夜笙歌。陈粒一开始跟着，后来觉得那种地方实在不适合自己，就不去了。陈辉却立马招了一个漂亮的女秘书，出差、应酬都带在身边。

陈辉的暧昧态度，最终导致陈粒大爆发。

那天她喊我帮她搬家，我们像卸货一样疯狂地搬，等东西搬完了，陈辉坐在沙发上翘着二郎腿，一副气定神闲的样子。

陈粒见状喊："陈辉！"陈辉一脸狐疑地看着她，她竖起中指："Fuck off！"陈辉气得面如猪肝。

早先，谁都没有料想到这两人会如此收场。他们从 19 岁在一起，到 24 岁，感情可以说是一帆风顺的。

高中毕业，陈辉被外省的大学录取了，两人异地四年，陈辉那时做兼职攒钱，每月都会坐十几个小时的火车来看陈粒，陈粒也总欢呼雀跃，像个孩子。有一次，陈辉说有事来不了，陈粒很失望。不一会儿却听到楼下有人喊她，一看，正是陈辉。

夏天闷热的夜晚，一个清瘦的大男孩，站在楼下抱着吉他唱许巍的《曾经的你》，陈粒就站在他摆好的烛光阵里，感动得说不出话。

当时的我趴在窗台上听得如痴如醉，现在想来，只剩下唏嘘。

· 4

第二天，陈粒约我喝咖啡。她的气色不太好，脸发黄，穿得也越发随意了。她的长发没有打理，颧骨突出越发明显，消瘦的速度让人担忧。直到看到我，她还在点考试群里的消息。

“我要搬出来住了。”她若无其事地拔出耳机。

“为什么？”

“我不想再整天对着爸妈了。对了，上次成绩出来，我进了前十，还差三分就能进面试了。”她咬着吸管淡定地说，“年底之前还有一次事业单位考试，我打算最后拼一次，这次是去江西，和我的几个考友一起，房子都租好了。”

她现在很疯狂，分析全国各地公务员考试情况，发现越发达的地区考的人越多，越好的职位竞争越大，考几年都没考上的大有人在。她和她认识的“考试团”，哪里有考试就去哪里，有些人幸运地被录取了，而更多人“在路上”。

陈粒由一开始的在本市，拓展到在本省，现在北京和上海的公务员考试、国家公务员考试她都报名，下一步准备进军长江角、珠三角、京津冀，最后的底线就是除了新疆、西藏、青海，其他省份的公务员考试她都参加。

我问她：“不是我打击你，万一，我是说万一又没有考过，你怎么办呢？”

“考不上我就不回家了！省得碍眼，每天看会电视就赶我去看书，烦透了啊。”

“你当年高考也没这觉悟啊，再说，要是你就是考不上呢？”我问。

陈粒陷入了迷茫，她没有想过这个问题。我们两个就像丁烷耗尽的打火机，半天打一下，只冒出一闪而过的零星火花。

临了，她欲言又止，往我电瓶车上一坐，转着车灯按钮玩，却不开口。我知道她想问陈辉的事。

“原来是市政办的啊。”陈粒听了很是泄气，不甘心又难以置信，半天憋出一句，“那狗东西真是会到处讨便宜！”

早上起床，外面已经飘起了雨。陈粒给我发了一条微信：

《蒺藜里的天空深处》

秋天的草丛里
蝴蝶埋首在蒺藜堆
她喜欢蝴蝶，她说
暖暖

傍晚的绿水潭
鸭子瞧天空的姿势不一样
她喜欢鸭子，她说
暖暖

好多绿色的圆球样的小叶子

芦苇夹着太阳在碰撞
她不喜欢，她说
深深的忧伤

而且那不是蝴蝶，是落叶纷纷
而且那不是仰望，只有忧郁的幻想

这又让我迷惑了，“你是不是被鱼刺卡脑壳里了？”我问她。

她回我：“没事，我就不信我考不上。这次我爸给我报了河南的公务员考试，还给我报了省内的一家事业单位。姐姐的机会来了。”

·5

临考试了，陈粒变得无比焦虑，她每天晚上都要彻夜失眠，只能在白天睡上两三个小时。只要一躺下，那些题目就往眼前涌，数字、文字、概念扑面而来，像要糊住脑袋。

她抓狂地问我怎么办，整个人有点神经衰弱了。我去她家看她，她下楼来接，开门前她交代我：“一会看到我妈，你就说你考上了公务员啊。”

“为什么？”这话让人摸不着头脑。

“别问了。”她把门一开，一个妇女起身来迎：“同学来了啊。”

陈粒和她妈妈脸型很像，都是鹅蛋脸、高颧骨。她母亲面色微红，头发扎得一丝不苟，偏胖。

房子没怎么装修过，家具也不齐全，大厅只有一张沙发，杂物很多，东西也是横七竖八堆放着。另外两个房间门紧闭，一个房间门微敞着。空气里弥漫着一股酱菜味。

陈粒不耐烦地说："走吧走吧，我这个同学是公务员，我让她来辅导我的。这下你放心了吧。"

她妈妈半信半疑地看着我，一个劲儿地说："妈妈不打扰你们，我收拾一下屋子就走。你看屋子里乱的。"

我进了陈粒的房间，十几平米大的地方，除了一张小床，一个布衣柜，就是一张堆满了书的桌子。我随手翻了翻，都是《公务员考试一本通》、《事业单位考试》、《国家公务员考试》模拟卷等。

墙上有很多时间计划表，写着每天几点到几点做什么题目。从早上六点到晚上十二点，排得满满当当，每天完成情况都用红笔做批注，最近几天却没有标注了。

"我觉得你妈才是真正对你好啊，你就知足吧。"我找话说。

她不知道在想什么，忽然就来了句："你这句话错了，你的逻辑错了！"

她很较真地把书翻开来，指着逻辑推理给我看。我大概看了下，"只有 A 才 B，表示 B 推出 A。如果 A，就 B，表示 A 推出 B。除非 A，否则不 B，表示 B 推出 A……"

"你念书念傻了啊？"

"妈的，我就是傻！"她用力把书一合，很忙乱地拾掇起来，她把书立起来又“啪”地摔在桌上，然后她面色如蜡，把书一股脑推下桌，一阵折腾后，我们就站在红红黄黄的书里。

陈粒猝不及防地哭了。

我去大厅找开瓶器，顺便让她在里面冷静一下。刚进厨房，陈粒的妈妈就出现了，她看到我像看到救星一样，紧紧地跟在我身后。

她开口说：“同学，你能不能帮帮她啊？她现在像着魔了一样，怎么劝都不听了。叫她回家不肯回，整天跟我们怄气！我们家都希望她能考上公务员，女孩子嘛，有个稳定的工作，找个好对象也容易些的。你说，我们做父母的哪有害自己孩子的……”

她妈妈喉咙里发出哽咽声，转身把厨房的门拉好，咳了几声接着说：“哪家父母不是指望自己孩子好的？我们怎么不去说别人家的孩子呢，那不都是最亲最近的人才会去说你嘛！”

我听了这些话，忽然理解陈粒了。

“我把考上公务员的人请到家里来，让人家辅导她，她又不愿意，书一扔就走人。都是亲戚啊！人家能来帮你，你还没好脸色的，叫她给人家赔礼道歉也不肯，非要等亲戚走了才回来。这下子又搬出来了，自己哪能照顾好自己啊。”她叹气连连。

“别的不说，这个房租每个月还要七百，水电物业都要钱的呀，哪里有住家里好又方便的。每天想吃什么我就弄，地方住得那么偏，也不知道怎么那么贵。”她妈妈唠叨着，嘴唇干瘪，两个大金耳坠子晃眼。

“她不知道好坏，不知道我们现在在亲戚面前都觉得矮半截，抬不起头，直不起腰。我们家比人家落后就要追啊，自己考不上还不理解父母是为她好。同学，你好好帮她，给她好好辅导辅导！”

我准备出去了，她妈妈忽然一把抓住我的手，亲热地问：“同学，你是考上了哪个单位？现在做什么呢？”

我一激灵，随口说：“计生委的，管计划生育。”

她妈妈的手就慢慢松开了，眼神游移，若有所思地“噢”了一声，说话也不那么热乎了：“现在都给生二胎了，计生委没有过去有钱了，我们今后是要往市政办考哩。”说完，她就心满意足地拿着扫帚去扫地了。

陈粒喝完我带来的啤酒，高兴多了，我问她：“今年过年真的不回去？”

她“嗯”了一声，又默默把书捡了起来。

回到家，我忽然觉得心里很堵，想骂脏话，不针对谁，但就是憋火。这时，陈粒给我发了一条微信：

> 我几乎快忘记星星的味道
> 它们在十一月的丛林集体失声
> 再没有清脆的脚步摩挲夜晚的衣角
> 它们曾躺在有两个人的夜晚
> 一个人的梦里

而陈粒如今的梦里，还剩下什么呢？那些数字、文字、概念的题目，扑面而来。

你好，谢谢你的鱼

鲸书

◇ 四川人，青年作家。

·1

川北凉粉、凉拌红苕粉、蒜泥白肉，开春新挖的折耳根……8个冷盘，每盘都淋了醋，浇了红麻油，撒了新鲜的葱姜蒜、碎香菜和小米辣。粉蒸肉蒸得溜粑，肥肉上头一层厚白糖盖起，底下一层热糯米莲子红枣黑米铺起。

鸡鸭都是现杀的，我们谈笑之间，它们被砍成坨坨下锅，血洗干净了，肉还冒着热气。回锅肉，每片肉都有半个手掌大，都有着亮晶晶的金盏窝……8个热菜，每盘都辣、烫，菜满得堆起，花花绿绿。我们喝茶，嗑瓜子，等陈童上桌，忍住不动筷子，开始打赌：最后压轴的，到底是清蒸团鱼，姜爆子鸡，蹄花汤，还是别的什么？

居然是一大盆水煮鱼，切了葱姜蒜、香菜和西芹，花椒海椒一大盆自不必说，还加了酸菜，跟豆腐、平菇一起煮，肯定很鲜。菜太多，饭桌就显小，我们急忙给大菜腾位置，其他盘子垒起放，正中间空出来，陈童慢慢把菜盆放稳，擦擦手，一身油烟，这才上桌。

现在是腊月二十七的黄昏，距除夕只有两天。初中同学小聚，在陈童的饭馆里。桌子摆在后院，院外边是河。南方春早，还冻着呢，院里一株细瘦桃树，就已扑扑洒洒地开起了粉白的花。

天快暗了，我们开了瓶镇上自产的白酒，云山曲酒。亲爱的读者，请等一等，我已经有点醉了，我想告诉你一个我从未讲过的故事，你可能无法相信它真的发生过。

鱼头极大，我们争让着，一致同意夹到有了孕的女同学碗里。我挑了一筷子最爱的折耳根，突然觉得不对，立刻叫那女生别吃，问陈童，哪来的大鱼？

冬天鱼瘦，临近春节，肥大的鱼只会是养殖的。我太清楚云台镇的人怎么把鱼养肥了：买几大车氮素肥，撒鱼食般倒在养殖池里，比膨大剂还有效。另一种更恶心，从养殖场买死鸡，夏天扔池塘里，半天就长一大包蛆。死鸡身下挤了一群鱼，争着吃活蛆，死鸡就在水面抖动翻腾，跟诈尸一样。孕妇可不能乱吃。

“哎呀，你太看不起我了嘛？”陈童一点不急，还是那副文绉绉的得意样子，“老子水库钓的，鱼线都差点崩断了，还有一大桶养起的，待会儿你们一人装点回家嘛。”

“水库不早就不让钓鱼了？”

“哎呀，只要你想办法嘛。”

他当然有办法。陈童最擅长的，就是跟很多我们学到初二就再也看不上的人打交道。忘带校牌从不会被门卫拦下，跟他去吃肥肠粉，老板会给一桌人都多加几根冒节子。至于钓鱼，云台镇周围几个大水库，哪个水库的看门老头没抽过他的烟，跟他谈笑风生？

我突然意识到，27年了，我亲眼见证陈童依次放弃：飞出银河系、有一只神奇宝贝且必须是妙蛙种子；做科学家、考清华、考重点大学；当科比，跟科比合影；娶周嫣然、跟周嫣然还能做朋友；在北京工作年薪百万，在省城工作年薪50万，在省城安家等梦想。他现在唯一坚持的，仅剩的，就是对钓鱼的迷之狂热了。

·2

我还清楚地记得陈童为什么会狂热地爱上钓鱼。事实上，那一天全镇每个人至今都无法忘记。

上世纪90年代末，镇上的大酒厂每日吐着白烟，我们背着小书包经过，如果那天的酒香格外甜腻，我们就知道：嘻，又到了翻酒糟的大日子。

云台镇靠近川酒的"北纬黄金产地"。附近市县的酒，曾买断《新闻联播》"为您报时"的黄金广告位。可云台镇的大人都说，我们的酒才是最好的。

直至全省兴修农村小水利设施，云河上游修了大水库，酒厂断了重要水源。更惨的是，省道改道，铁路不再在县上停靠，酒也卖不出市里。县政府一会说去省里争取，一会儿又说集资，从嘉陵江引流，大人们都响应，众志成城的样子。

县电视台甚至连流产性病壮阳之类的广告都不播了，天天播县委书记的讲话——可他很快卷走那笔钱跑了，据说跑去了香港。

酒厂苦撑一年多，倒闭了。可这些关我们小孩子什么事呢？我们一点不伤心，还是天天大摇大摆走在街上，南街走到北街，北街走回南街，甩着书包，威风凛凛，溜到茶馆，偷炒花生、香瓜子吃，笑谁又在茶馆说起失业，就哭得满脸是泪。在这场混乱之中，我们甚至感到莫名的兴奋与快乐。

有位大叔，大概是酒厂的前车间主任之类，因不满镇政府毫无作为，就跑去镇政府门口泼屎，被派出所给关了几天。

亲爱的读者，别急，我又喝了一杯酒，这酒好辣，我马上就要说到鱼的事了。

感谢这位坚强的大叔，他给了我们 12 岁那年最奇妙的一天。是夜，他溜进已关停的酒厂，开动搅拌机，偷运出所有酒糟——它们被扔在那儿，发酵太久，味道格外浓烈——然后全部倒进云河。

次日一大早，云河断流，鱼吃够酒糟，全部醉死在河面。鱼肚鼓胀，挤挤挨挨、绵延百米，河面白花花一片，鱼鳞在烈日下闪闪发光。

我们都吓坏了，河边挤满了人。大人们气炸了，要日天日地日那个主任，日所有关停酒厂的人，然后全跑回家，拿水桶、洗脸盆、大蒸锅，挤在河边捞鱼，有人掉河里了拼命扑腾，有人主动跳下水。

陈童是那天的最大赢家：他游到河中间，捞到了一条快一米长的鲤鱼，鱼全身通红，似已成精，岸上的人全给他欢呼鼓掌吹口哨，夸他“小龟儿子太凶”！连从不许他下河的他妈都没因此打他，接过鱼便问他“想怎么吃，妈给你做好”。

镇上开始了对鱼的大型花式屠杀。我们吃饱了鱼，公厕里全是一股可怕的鱼腥味。几日后，野猫都发了狂，要么集体瘫倒在黄桷树下，要么见人就挠。老师说，酒糟酒精度太高，对鱼如同毒药，它们是被毒死的。

那天多么奇幻又多么快乐，一离开云台镇我便怀疑那不过是我的幻觉。多年以后，我在北京第一次参加马拉松赛，枪响那刻，所有人起身狂奔。我突然恍惚：又有鱼可捡了吗？

· 3

陈童的快乐并未能维持多久。剩下的鱼，两三天后就烂在河里，云河臭不可闻，再没人敢捡鱼吃。他又变回那个胖乎乎的普通男孩，那个相貌普通、成绩中上游，打篮球只能助攻的陈童了。

再次赢得注意是中考前的午休，他偷跑去水库钓鱼，赶上一位同级女生正在那儿跳水自杀。他立刻下水，把女生捞出水面。在我后来年岁的想象里，那女生也是一条鲤鱼，成了精，专程来报复他。

陈童骑着自行车，把已神志恍惚的女生驮回学校。车把上还挂着一袋小鱼。奇怪的是，我至今仍清楚地记得那是一袋小花鲢，细长，还活着，在塑料袋里游来游去——我只记得这些并不重要的细节。

对于更多的人来说，那天是这样的。

他和女生浑身湿透、缠挂着水草出现在校门口。人一围上来，女生立刻清醒，辩称陈童欺负她，陈童被父母暴打、转学，家里饭馆关停，全家搬离云台镇，3 年后一飞冲天考入北京的大学。明明这才是印象深刻的事，可我陪他钓过太多次鱼，只好让自己假装并不再记得这些。

这些事同样像是假的，可我宁愿它们真的从未发生。

过了很多年，我终于知道了，知道了她为什么要撒谎："被男生恶作剧推下水"可以原谅，但"试图自杀"只会显得她是个怪胎，也明白了陈童为什么拦我——他始终是个善良的人，相信自己做的是正确的事。这是天赋也是幸运，我没有。

可 14 岁的我哪明白这个。我找人打她，陈童居然拦我，我气急败坏，说你一辈子都是个没出息的废物，活该烂在这个破地方被烂人操吐。那是少年时的我们最后一次讲话。

· 4

再见面是 6 年后，我们在海淀一条后来声名赫赫的的街上偶遇。他没有成为"科学家"，也没有成为"全地球最会钓鱼的人"，而是一位兢兢业业的BD——商业推广，俗称搞推销的——拿着3倍于我的薪水，变得更胖了。而我，是被派来"报道新兴创业公司"的实习记者。

没太寒暄，我俩立刻决定翘班，跑去五道口的酒吧喝了一顿大酒，急切交换失去联系的 6 年里各自都发生了什么。一米长的红鲤鱼，很多条小花鲢，这么多事都像是假的，只有鱼是真的。于是我从不向人提起，他们怎么可能会懂呢？

我很快就哭了，陈童慌乱地安慰我，说他最近听了陈奕迅的演唱会，花了半个月工资跑去国贸三期吃了顿饭："主要是点的酒太贵，我选来选去，还是不小心选了瓶最贵的，妈的早知道该听你话把英语学好，哈哈，还跑去清华门口拍了照，邮给奶奶看——反正她已经老得什么都记不清了，天天闹着要吃糖油糍粑，她特高兴，天天跟人说我孙子今年考上清华了。我现在什么都好，就是跟人租房不能炒菜，对了，我还想存够钱就回镇上开个饭馆。"

我被逗笑了，说你果然还是个大傻 ×。

第二年初，陈童领到年终奖，互联网公司的年终奖真是高得吓人。那笔钱对我俩都是个天文数字，他很快就辞职了。同学都来小窗我问为什么，我没回。

临走时，他送了我一堆衣架、跑步机、电烤箱之类的玩意，居然还有一箱鱼食，说去潜水时一定得带上。他去菲律宾潜水，花了 200 块才买到一小瓶。"妈哟！太坑了！对了，呼吸器也要在网上买，景点买就贵得伤心。"他蹲在地上，边打包电烤箱边叮嘱我。我站着玩手机，看他走光的前胸，不禁感慨："天啊，为什么你的胸部比我都大？"

而我没问：为什么要放弃高薪，回家开饭馆？是做地推太辛苦，讨厌雾霾，还是厌恶全公司连个跟你一起抽烟打屁聊女人，一起钓鱼吃火锅的人都没有？老子还没玩够，你怎么就舍得回老家？开馆子、亲自下厨炒菜好累，老家女人从16岁到60岁都支持当街把小三扒光，痛恨别的女人坐她男人的副驾驶，你不烦吗，你怎么受得了？

我没问——答案我早就知道了，我们各有自己偏爱的生活，我把做微商、晒自拍的女同学全屏蔽了，而他只想在水库边钓鱼，抽烟，等鱼线突然沉下去，黄昏一点点降临。

他回家后，我听说他买了房、车，用QQ或者陌陌找县里附近的钓鱼兴趣小组，还加入了据他统计平均年龄67岁的夕阳红钓鱼协会。他在群里发鱼图，我们都笑鱼太小，可谁会不羡慕他呢：敢认清自己想要的，并做出选择。逢年节替我们看望老师，三餐都能与认识10年以上的人一起吃。

再后来，我们就主要在微信里联系了。他从未在朋友圈分享“震惊！微波炉致癌！”“快看！男人必须知道的10大秘密！”，而且每次在班群发的红包都特别大，也让我非常欣慰。

而现在，现在是腊月二十七的夜晚，镇上已响起了鞭炮声，烟花照亮了小镇的上空，我们围坐在他的院子里——他真按我说的种了一株桃树，我们风尘仆仆，我们满身疲惫，同学们都端起了酒杯，再大的心酸、再多的往事都已不重要，亲爱的读者，我的故事快讲完了。

我把最后一大杯白酒一饮而尽，我看着他，胖乎乎的脸上永远带着笑，永远笃信自己的选择，永远与世无争像幼童也像老人，我对他说：

“你好，谢谢你的鱼。”

图书在版编目（C I P）数据

人间 01:20 岁的乡愁 / 关军主编 . -- 长沙 : 湖南人民出版社 , 2017.10

ISBN 978-7-5561-1723-9

Ⅰ . ①人… Ⅱ . ①关… Ⅲ . ①随笔－作品集－中国－当代 Ⅳ . ① I267.1

中国版本图书馆 CIP 数据核字 (2017) 第 149241 号

人间 01:20 岁的乡愁
RENJIAN 01:20 SUI DE XIANGCHOU
关军 主编

出 品 人　陈　垦
出 品 方　中南出版传媒集团股份有限公司
　　　　　上海浦睿文化传播有限公司
　　　　　上海市巨鹿路 417 号 705 室（200020）
责任编辑　彭富强
封面设计　人马艺术设计 - 储平
责任印制　王　磊
出版发行　湖南人民出版社
　　　　　长沙市营盘东路 3 号（410005）
网　　址　www.hnppp.com
经　　销　湖南省新华书店
印　　刷　北京鹏润伟业印刷有限公司
版　　次　2017 年 10 月第 1 版
印　　次　2017 年 10 月第 1 次印刷
开　　本　880mm×1230mm　1/32
印　　张　7.5
字　　数　130 千字
书　　号　ISBN 978-7-5561-1723-9
定　　价　42.00 元

浦睿文化
INSIGHT MEDIA

出 品 人：陈　垦
策 划 人：蔡　蕾
监　　制：余　西
出版统筹：戴　涛
编　　辑：张　煜
封面摄影：王轶庶
封面设计：人马艺术设计 - 储平
版式设计：张　苗

浦睿文化 Insight Media
投稿邮箱 insightbook@126.com
新浪微博 @ 浦睿文化